凍土の密約

今野敏

Bin Konno

文藝春秋

凍土の密約

1

不況不況と、マスコミは騒ぎ立てるが、特定の店は混んでいる。勢いがある店というのは、自然と客を引き付けるものだ。そして、どんなに不況になっても、水商売の客はいる。

今日は十二月十一日。そろそろ年末の慌ただしさが、肌で感じられるようになってきた。

六本木交差点から、飯倉片町に向かって三分ほど歩いた場所にある、『ミスト』という名のクラブにやってきていた。値段はクラブだが、乗りはキャバクラだ。

倉島達夫《くらしまたつお》は、そんなことを思っていた。気に入っていないわけではないが、もう少し品があったほうがいいかもしれない。

ここは、倉島のお気に入りなわけではない。連れの好みなのだ。ひいきにしているホステスがいるのだ。

連れは、外務省の官僚だ。名前は、梶本行雄《かじもとゆきお》。外務省のチャイナ・スクールと呼ばれる中国通の一人だ。アジア大洋州局の中国・モンゴル課に所属している。

「しかし、あんたが、公安だと知ったときには、びっくりしたよ」

『ミスト』にやってきて、ホステスを待つ間に、梶本が倉島に言った。

倉島は、おだやかにほほえんでみせた。

「そういうことは、人前では言わないようにお願いしますよ」

「だいじょうぶだ。俺だって気を使っている。第一、公安のやつと飲み歩いているなんてことを役所の連中に知られたら、俺の立場だって、ちょっとやばくなるんだ」

実は、それほど気を使うことはないのだ。警察官と外務官僚が酒を飲むのは、それほど不自然ではない。だが、梶本のような男は、釘を刺しておかなければ、あちらこちらで余計なことをしゃべりかねない。

自分が公安にマークされるほどの大物だと思っているのかもしれない。だとしたら大きな勘違いだが、眼が離せないのも確かだ。

倉島が、梶本と知り合ったのは二年前のことだ。梶本が、ロシアの諜報員にマークされた。中国情報を得るために、梶本に女性エージェントが近づいた。あやうく、梶本はスパイに仕立て上げられるところだった。

それを救ったのが倉島だった。

倉島は外事一課の所属で、主にロシアの事案を担当している。

梶本を救ったというより、日本の威信を守ったというほうが正確だ。放っておけば、外務官僚がロシアのスパイとして活動するという、おそろしく不名誉なことになったはずだ。

それ以来、倉島に弱みを握られた梶本は、情報源として働いてくれている。こうして不定期に会っては飲み歩く。

倉島は、梶本を嫌いではなかった。

外務官僚というのは、常に他人を見下しているようなところがある。省庁間でも、財務と外務は特別だと、考えているのが普通なのだ。

だが、梶本はいい意味でも悪い意味でも庶民的だ。気を使わなくていいタイプだ。

遊び好きなところも扱いやすい。梶本と飲み歩くのはたしかに楽しかった。

梶本のお気に入りのホステスがやってくる。まだ、若いホステスで、やたらに元気がいい。やってくるなり、梶本に抱きついた。梶本はとたんにうれしそうに満面の笑顔となる。わかりやすいやつだ。

そんなところも憎めないと思った。

倉島の係のホステスもやってくる。こちらは三十過ぎの肉感的なタイプだ。決して好みというわけではないが、面倒見がいいので何かと助かる。

三時間くらい『ミスト』で飲んだ。梶本の気分はおおいに盛り上がっているようだ。そこを出ると、梶本は渋谷へ行こうと言い出した。

朝五時までやっているキャバクラがあるという。

「それは風営法違反ですね」

「おそらくキャバクラじゃなくて、スナックか何かの許可をもらっているんだろう。渋谷あたりじゃ珍しくないんだ」

梶本はかなり出来上がっている。断るわけにもいかない。こうなれば、とことん付き合ってやろうと、倉島は思った。

飲んでいる最中も、タクシーで移動するときも、仕事の話はしなかった。大切なのは、顔をつないでおくこと、そして、信頼関係を築くことだ。

情報源というのは、必要なときに役に立ってくれればいいのだ。

渋谷の井の頭線西口の脇でタクシーを降りた。

エッシャーの絵を思わせる、ちょっと複雑な構造のビルの中に、その店があった。ドアを開けたとたん、カラオケの大音響で、倉島はちょっと顔をしかめた。

一日の締めくくりは静かに飲みたいと思っていたのだ。客層を一目見て、六本木や銀座とは違うと思った。飲み代はずいぶんと安そうだ。

この店にも梶本のお目当てのホステスがいると知り、倉島は意外に思った。少なくとも外務官僚が来る店ではないと思った。

童顔のホステスがやってきた。二人の会話を聞いて、梶本がそれほどご無沙汰ではなさそうだと知り、さらに意外に思った。

外務官僚というのは、おそろしく多忙なはずだ。梶本は、忙しい合間を縫ってせっせとこういう店に通っているということだ。

その熱心さとタフさには頭が下がる思いだった。

結局、お開きになったのはその店の看板の五時だった。

途中からセーブして飲んでいたとはいえ、梶本をタクシーに乗せて見送ったときには、さすがに疲れていた。

倉島は、三十六歳で、まだまだ無理がきく年齢だ。明日は、定時に登庁するつもりだった。タクシーをつかまえた。

今日の飲み代は、すべて倉島が払った。

公安でなければこんな金の使い方はできないな。

タクシーの後部座席で、そんなことを思っていた。


警視庁にやってきたときには、まだ酒が残っていた。

倉島は、登庁したときには必ずまず、自販機のコーヒーを飲む。それが、一種の儀式となっていた。

公安部外事一課に配属されたばかりの頃は、朝コーヒーを飲むことさえ、誰かにとがめられるのではないかと、気を使っていた。

だが、公安の仕事がわかってくるにつれ、そんなことは気にしなくなった。明日は、もう味わうことなどできないかもしれない。

それが公安の仕事だ。そう腹をくくったときから、朝のコーヒーは、倉島にとって神聖な儀式となったのだ。

廊下でコーヒーを飲み終えて、席に戻ると、すぐに上田《うえだ》晴信《はるのぶ》係長に呼ばれた。

「酒臭いな……」

「飲むのも仕事でして……」

「わかっている。すぐに、赤坂署に行ってくれ」

「赤坂署？」

「殺人《コロシ》の帳場が立った」

「特捜本部ですか？」

「そうだ。本庁の刑事部からも一班行っている」

「すぐに行きますが、一つ質問していいですか？」

「何だ？」

「どうして外事一課が殺人の特捜本部に顔を出さなきゃならないんです？」

「さあな。すでに公安三課が行っているらしい。公安総務課からのお達しだ。いいから、行ってこい」

「わかりました」

公安三課は、右翼を担当している。どういうことだろうと思いながら、庁舎を出た。

公安総務課から指示があることは、決して珍しくはない。公安総務課は、いわば司令塔だ。

公安三課と外事一課の組み合わせは、街宣右翼とロシア大使館の関係を連想させる。行動右翼と呼ばれる連中が、ことあるごとにロシア大使館周辺で街宣活動をする。

そのたびに、公安三課と外事一課がカメラを持って駆けつける。公安三課は、右翼たちの人着《にんちゃく》を写真に撮る。外事一課は、ロシア大使館側の反応を見守るのだ。

ただ一人、特捜本部に送り込まれるというのも異例だ。たいていは、グループで行けと言われる。

二日酔いで火照《ほて》った顔に、師走の風が心地よかった。刑事ならば、地下鉄で移動する。捜査費用は限られているし、刑事というのは、やたらに歩きたがるものだ。

倉島は、タクシーで赤坂署に向かった。


特捜本部は、お決まりの雰囲気だった。

正面のひな壇に捜査幹部が並んでいる。空席がある。刑事部長の席だ。特捜本部を指揮するのは、たいていは刑事部長だが、おそろしく多忙なので滅多に本部に顔を出すことはない。

代わりに仕切るのは、捜査本部主任だ。通常は、課長職がその任に就く。今回は、殺人事件の特捜本部なので、捜査主任は、刑事部捜査一課の田端守雄課長だった。

課長を補佐する形で、管理官が二人来ている。池田厚作と池谷陽一だ。彼らは、イケイケコンビなどと呼ばれている。

名前の語呂合わせだけではない。彼らがタッグを組むと、特捜本部や合同捜査本部に勢いがつくと言われていた。

本庁の刑事の顔と名前はほとんど覚えていた。他部署の人間のことなど覚えていないのが普通だが、公安は違う。

公安の捜査員の能力は、人の顔と名前を覚えることで決まると言ってもいい。その点、水商売と似ていると言う者もいる。それを面識率という。

公安三課からは、係長一人と、捜査員三人が来ていた。公安の捜査員が刑事のように班ごとに行動するのは、ローラー作戦などの大がかりなオペレーションのときだけだ。ほとんどの場合、このように少人数か、あるいは個人で行動する。

倉島は、公安三課の連中のそばに陣取った。倉島は、係長に一礼した。係長はただうなずいただけだった。同じ公安部だからといって、特に親しいわけではない。他の公安三課の捜査員も倉島に声をかけてくるようなことはなかった。

倉島も彼らと話をしたいわけではない。

捜査会議が始まると、ほどなく事情がわかってきた。

被害者の名前は、高木英行。年齢は三十四歳だ。右翼団体『旭日青年社』の幹部であることが、すでに判明している。本名は、高英逸《コヨンイル》。韓国系の在日コリアンだ。

国粋主義の団体にどうして日本人でない構成員がいるのか、一般の人は不思議に思うかもしれないが、倉島はまったく驚かなかった。警察官ならたいていそうだ。

街宣活動をしているいわゆる行動右翼は、六〇年安保を機に生まれたといわれている。それまでも、左翼運動に対抗するために、政府が任侠団体などを利用した経緯がある。

暴力団には在日コリアンが多い。そして、行動右翼は暴力団との関わりが深いので、在日コリアンが右翼団体員になる例も少なくないのだ。

被害者の高木英行、本名高英逸は、赤坂二丁目にある自宅マンション近くの駐車場で遺体で発見された。鋭利な刃物による刺創および切創があったという。

なるほど、右翼団体の構成員が殺されたというのなら、特捜本部に公安三課が臨席しているのはうなずける。

だが、どうして、外事一課の倉島が送り込まれたのだろう。

行動右翼が、ロシア大使館の周辺で街宣活動をすることは珍しくはない。被害者の高木もそうだったのかもしれない。

人相を確認してこいという程度のことなのだろう。倉島は、そう思った。もし、外事一課にとって重要な事案なら、倉島一人だけを送り込むようなことはしないだろう。

倉島は、くつろいで特捜本部の話の流れを眺めていることにした。殺人事件ということで、捜査一課が仕切っているが、被害者の属性がちょっとばかり特殊なので、組対部の協力が必要だろうと、田端課長が言っていた。

被害者の顔写真が配布された。

隣に座っていた公安三課の捜査員が、そっと声をかけてきた。

「知っている男か?」

井上という名の捜査員で、倉島と同じくらいの年齢だ。階級も同じ警部補だ。

倉島は、かぶりを振った。

見たこともない男だった。名前も記憶にはない。

倉島は、常に面識率を上げようと努力している。時間があるときは、過去の事例の報告書などを引っ張り出して、写真の顔と名前を覚えようとしている。

倉島は主にロシアを担当しているので、ロシア大使館周辺でデモや街宣活動があれば、写真を撮りに行き、あらゆる顔を頭に叩き込む。

「見たことはない。名前も知らない。あんたは、どうだ?」

井上は、隣の同僚と、さらにその向こうの係長をちらりと見てからさらに声を落としてこたえた。

「もちろん知っている。『旭日青年社』は、かなり派手な街宣で知られているからな」

こちらが知らないことを非難しているようにも聞こえる。だが、倉島は気にしないことにした。

守備範囲が違うのだ。内野に飛んだ球について、外野に文句を言われても仕方がない。

「へえ、ならば、刑事たちを助けてやるんだな。俺にできることはなさそうだ」

「なら、どうしてここにいる？」

「それがさ、俺にも不思議なんだよ」

それきり井上は何も言わなかった。

捜査会議が終わったら、さっさと本庁《ホンブ》に帰って上田係長に報告しよう。それで、この件は終わりだ。

二日酔いはまだまだ抜けそうになかった。どこかで仮眠を取りたかった。


警視庁に戻ってきたのは、午前十一時過ぎだった。胃がむかむかしている。

すぐに上田係長に報告した。

「被害者は、行動右翼『旭日青年社』の幹部、高木英行、本名高英逸、三十四歳。死因は刺創および、切創による失血。凶器は鋭利な刃物で、まだ特定されていません。犯行の場所は、赤坂二丁目の駐車場。被害者が住むマンションの近くです。死亡推定時刻は、本日十二日の未明。おそらく三時頃だろうということです。人着を見ましたが、見覚えのない男でした」

上田は、無表情に報告を聞いていた。聞き終わると、一言だけ尋ねた。

「三課の誰かと話をしたか？」

「隣に井上がいまして、ちょっとだけ……」

「どんな話をした？」

「知っている男かと訊かれて、知らないとこたえました」

「それだけか？」

「どうしてここに来ているのかと聞かれたので、その理由も知らないとこたえました」

上田は、大げさに溜め息をついて見せた。

「ようやく一人前になったと思っていたんだが、まだまだだな……」

「一人前だと思ってくれていたなんて、意外ですね」

「軽口を叩くな」

「本音ですよ」

「どうして、引き揚げてきた？」

「自分が特捜本部にいる理由がないと思ったからです」

「戻っていいと言われるまで、張り付いているもんだ。何があっても食いついたら放さないスッポンみたいにな」

「すいません」

いちおう謝っておくことにした。「しかし、わかりませんね。殺人事件の特捜本部なんですよ。公安三課の連中がいるのはわかります。事実、井上は、被害者の高木のことを知っていると言っていましたからね。でも、外事一課の自分がいて出来ることがあるとは思えません。被害者に見覚えはなかった。それだけの事実がわかれば充分だと思います」

「だからまだまだと言ってるんだ。公安総務課が指示してきたんだ。その指示はさらに上から出ているると、どうして考えないんだ？」

「さらに上から……？」

「公安の事案では、地方警察本部が独自で動くことは希《まれ》だ。それくらいのことは公安マンにとっては常識だ。ならば、公安総務課から来た指示は、警察庁から来たと考えたほうがいい」

言われてみればそのとおりだ。

二日酔いで頭が回っていない。だが、そんなことは言い訳にはならない。

倉島は、返事をする代わりに歯の間から吐息を漏らした。

上田係長の声が続いた。

「おそらく、警察庁の警備企画課の指示だろう」

ぴんときた。

「ゼロですか？」

「行動右翼の幹部が殺害された。それだけでも、各方面への影響が大きい。公安事案との関わりも想定される。だが、おそらくそれだけじゃない。外事一課の、しかもおまえさんを指名してきたんだ。被害者は、ロシアと何か関わりがあったに違いない」

「ちょっと待ってください」

「何だ？」

「名指しだったんですか？」

「そう言わなかったか？」

故意に言わなかったな……。

倉島は唇を噛んだ。

「初耳ですね」

「そうか、それは悪かったな。だが、名指しだろうが、そうでなかろうが、どんな事案かはっきりしないのに、自分で見切りをつけるというのはどうかと思う」

こうやって、上田はいつも倉島を試すのだ。

「わかりました」

倉島は言った。「すぐに、赤坂署に戻ります」

「当分は、特捜本部のほうに詰めるんだな」

本庁に来なくていいということだ。

特捜本部内でどう振る舞うかは、自分で判断しろということだ。

「了解しました」

倉島は、再び警視庁を後にした。

2

赤坂署の講堂に設けられた特捜本部内は、朝とは打って変わってがらんとした印象だった。

捜査員たちが外回りに出かけているのだ。彼らは、地取り、鑑取り、遺留品捜査などの班に分かれ、手がかりや証拠を求めて歩き回っている。

公安三課の連中の姿もなかった。彼らがどこに行ったかは、見当もつかなかった。

せめて、彼らと行動をともにするべきだったか……。

そんなことを思ったが、今さら悔やんでもどうしようもない。

特捜本部内に残っているのは、池田・池谷の二人の管理官と、赤坂署の刑事課長、それに予備班と庶務や連絡の係員だ。

田端課長の姿もない。おそらく、本庁に戻ったのだろうと、倉島は思った。課長も多忙だ。

あるいは、刑事部長に組対部への協力を要請するように具申しに行ったのかもしれない。右翼の担当は、公安三課だが、行動右翼というのは、思想右翼と違い、暴力団の隠れ蓑であることが多い。

おそらく、『旭日青年社』もその類の組織に違いない。そうなれば、組対四課の協力が不可欠だ。

かつては、暴力団担当は、刑事部の捜査四課だった。組織犯罪や国際的な犯罪の増加で、新たに組織犯罪対策部を作り、捜査四課をそこに組み込んだ。

組織的な強化を図ったのだが、捜査の上では面倒なことが増えた。かつては、刑事部長一人の裁量で済んだものが、今度は組対部長におうかがいを立てなければならなくなったのだ。

しかも、組対部長は、刑事とは折り合いの悪い公安・警備畑の者が着任することが多い。よかれと思ってやったことが、裏目に出ることは珍しいことではない。

特に警察のような役所では避けられないことだ。倉島は、組織的な問題で苛立つのはばかばかしいと考えるようになっていた。

避けられないのなら、諦めるしかない。他に考えることは山ほどあるのだ。

捜査員たちが戻るまで、特にすることがないので、配られた資料を読み直していた。

犯行時刻は、深夜の三時頃。倉島たちが渋谷で飲んでいた頃だ。その時刻の赤坂二丁目というのは、どんな様子なのだろう。

犯行現場は、国際新赤坂ビルの西館・東館の裏手に当たる。小さな飲食店が建ち並び、小路には高級料亭もあるが、さらに一歩奥に入ると、人通りの少ない地域となる。

犯行現場となった駐車場は、そうしたあまり人気のない一帯にあったのだろう。

検視の結果はまだ出ていないが、たぶん飲酒していたのだろう。酒を飲んでの帰り道を待ち伏せされたと考えるのが妥当だ。

それにしても、傷が二ヵ所しか見つかっていないらしい。鋭利な刃物による刺創と切創が一つずつ。それが致命傷となっている。

人通りが少ないとはいえ、都心の繁華街のすぐ近くだ。手間取っていては、人目につくはずだ。手際よく片づけたに違いない。そして、手口は鮮やかだ。

この資料を読めば素人でもわかる。プロの犯行だ。

なるほど、不注意だったな。

倉島は素直に反省した。

行動右翼の幹部が、プロの手によって殺害された。これは、単純な殺人事件とは考えがたい。抗争事件も考えられるが、その可能性は少ないと思った。暴力団の鉄砲玉のやり口は、もっと手際が悪い。

鉄砲玉は、ひどく緊張しているし、殺害の瞬間は恐怖にすくみ上がっている。拳銃を使う場合は、何発も撃ってそれでも急所を外れていることが多い。刃物を使う場合も、めった刺しのことがほとんどだ。

では、何が起きているのだろう。

警備企画課は、倉島を名指しだったという。ゼロからの指示かと尋ねたとき、上田係長は否定しなかった。

ゼロというのは、警察庁の警備企画課内にある情報集約のための組織だ。かつて、ゼロは、サクラ、その後はチヨダと呼ばれていた。全国の公安捜査官からの情報を吸い上げ、それを分析し集積している。

さらに、公安捜査官の研修を行う。選ばれた者だけが受けることのできる研修だ。

サクラ、チヨダ、あるいはゼロの研修出身者は、固い絆で結ばれている。ゼロを統括しているのは、警備企画課の理事官の一人で、彼は研修経験者から「校長」と呼ばれて慕われている。

公安の捜査員には、二種類いるといわれている。エース級とそれ以外だ。

エース級は、独自で一つのオペレーションをこなす能力がある。それ以外の捜査員は、事案の全貌を知らされることすらない。

つまり、公安のエース級はエージェントであり、それ以外の捜査員はただの調査員でしかないのだ。

そして、エース級の捜査員は例外なくチヨダやゼロの研修を経験している。

残念ながら、倉島はまだそれ以外の捜査員でしかない。公安にいるからには、いずれはエース級になりたいと願っている。それには、ゼロの研修生に選抜されなければならない。

そのゼロが、今回倉島のことを名指しにした可能性がある。

これは手を抜けない。ようやく倉島は、そう思いはじめた。

まったく、気づくのが遅いんだよ。

倉島は、心の中で自分で自分に文句を言っていた。

係長に言われる前に気づけよ。だから、いつまで経っても半人前扱いなんだ。

倉島は、資料を放り出して考えた。

もし、倉島をこの特捜本部に送り込んだのがゼロだとしたら、どんなオペレーションを考えているのだろう。

ゼロが企画するのは、ただの捜査ではない。常に何かのオペレーションなのだ。ゼロの指示によって、各都道府県の公安担当捜査員が動く。

多くの場合、警視庁や大阪府警といった大警察本部の公安担当者が動く。刑事部でもそうだが、大都市を抱えている警察本部とそうでない地方の警察本部では捜査能力にかなりの開きがある。

公安担当者の能力の差は、さらに大きいのだ。

ゼロは、日本中の公安事案から情報を吸い上げる。だが、ゼロから末端に向かって情報が与えられることは、まずない。作戦の指示が下されるだけだ。

名前を呼ばれた。顔を上げると、ひな壇から池谷管理官が手招きしている。

倉島は、すぐに池谷管理官のもとに行った。

「公安のほうで、何か鑑があるのか？」

池谷管理官は、語り口は柔らかいが、敵に回すと面倒だと聞いたことがある。一筋縄ではいかず、諦めることを知らないという評判だ。

「公安三課は、被害者について知っていると言っていました」

池谷管理官は、うなずいた。

「その話は聞いた。行動右翼の幹部なんだから、当然だ。だから、公安三課の連中が特捜本部に参加しているのはわかる。だが、あんたは、外事一課だろう？」

「そうです」

「この特捜本部で、何をしようっていうんだ？」

それは、こっちが訊きたい。

「自分は、上の指示でやってきただけですから……。どうぞ、いいようにこき使ってください」

池谷管理官はほほえんだ。そのほほえみの意味が理解できずに、倉島は少しばかり落ち着かない気分になった。

親しみのほほえみならいいが、警察内ではそうでないことが多い。

「外事一課といえば、公安の中でもエリートだ。気になるのは、刑事たちとうまく折り合いが付けられるかどうかだ」

「自分をエリートだなんて思ったことは一度もありませんよ」

「いやいや、たいしたものだよ。私に質問を繰り返させるのだからね」

「は……？」

「もう一度訊く。何か鑑はあるのか？」

「本当に、自分は何も知らずにここにやってきたのです。自分は被害者のことも知りませんでした。ただ……」

「ただ、何だ？」

「これまでの報告を見れば、誰にでもわかることですがね……。おそらく、プロの犯行です」

「プロというのは、どういう意味だ？　マルBのことか？」

マルBというのは暴力団のことだ。

日本の警察の認識はこの程度だ。実際には、暴力団は殺人の専門家ではない。暴力団員の中には、平気で人を殺すようなやつがいるかもしれないが、本当のプロとは言い難い。

「いえ、手際よく仕事をやってのけられる能力のある連中です。香港や台湾のマフィアの中にはそういうやつらがいます。信じられないかもしれませんが、いくつかの国の大使館付き武官の中にも、そういう道のプロがいます」

池谷管理官の眉間にしわが刻まれた。

「では、今回の殺人事件の犯人像として、大使館付きの武官なども考慮に入れたほうがいいということかね？」

「自分は、あくまで一般論を述べただけです。大使館で勤務している者が、日本国内で殺人をするメリットは、ちょっと考えつきません」

「殺人は、メリット、デメリットで起きるわけではない」

「たいていの刑事事件ではそうでしょう。しかし、プロの犯行となると、利害関係がはっきりしていると考えなければなりません」

池谷管理官は、しばらく倉島の顔を見つめていた。値踏みするような目つきだった。おそらく、倉島が言ったことが、どの程度信頼できるか考えていたのだろう。

「あんたは、ロシア担当だったな？」

「そうです」

「一般論として尋ねる。いま、あんたは、いくつかの国の大使館付き武官の中にも、殺人のプロがいると言ったな？」

「はい」

「ロシアは、その『いくつかの国』に入るのか？」

「入ります」

倉島があっさりと認めたので、かえって池谷管理官は、戸惑ったような表情になった。

「被害者の高木は、行動右翼だったから、おそらくロシア大使館周辺で街宣をやっていたことがあっただろうな」

ここでうかつなことは言えない。

「自分は、その確認を取っていません。先ほども言いましたが、自分は被害者のことを知りませんでした」

「ロシア大使館周辺で、街宣やってる行動右翼を、全員知っているわけじゃないだろう」

「おっしゃるとおりです」

倉島は、どうしても一言付け加えたかった。「ですが、全員知るつもりでおります」

池谷管理官は、ちょっと驚いたように片方の眉を上げ、それからまた先ほどと同じ笑いを浮かべた。

いじめ甲斐がありそうだと思っているのかもしれない。

「上のほうからは、どういう指示があったんだ？」

「何も……。ただ、特捜本部に行ってこいとだけ……」

「だったら、あんたには、予備班に入ってもらおう。とりあえず公安三課の連中にもそうしてもらっているから……」

通常、捜査本部などで予備班といえばデスク待遇だ。ベテランの捜査員が予備班に回り、情報の整理などをやる。参考人や容疑者の身柄が確保されたような場合、取り調べを担当するのも、この予備班だ。

その一方で、扱いに困るような者たちを予備班に回すこともある。研修に来ているキャリアなどだ。

それと同じ扱いだろう。倉島はそう思った。

「了解しました。今日からこちらに詰めることにします」

「そうしてくれ。それからな……」

「はい」

「くれぐれも、刑事たちを刺激するような発言はつつしむように。私のように寛容な者ばかりではないのでな……」

「わかりました」

池谷管理官の席を離れ、先ほどまで座っていた長いテーブルの席に戻った。

池谷管理官が釘を刺したくなるのも、もっともだと、倉島は思った。

刑事と公安の仲の悪さは、今では一般の人々にも知れ渡っている。

単に仲が悪いというだけではない。扱う事案の性格がまるで違う。だから、捜査の方法も違ってくる。

刑事は、過去に起きた事件を捜査する。手がかりを追って、点を線で結んでいくような捜査をする。

一方、公安は、日常の情報収集が命だ。敵対組織の動向を探るのだ。そして、何かの兆候を見逃さないようにするのだ。

それはデリケートな仕事だ。

刑事のように、手帳をかざしてどこでも土足で上がり込むような捜査をするわけにはいかないのだ。

絶対に触ってほしくないと、公安が思っている人物に、刑事は平気で接触する。それで、長期間にわたって内偵を重ねた苦労が水の泡になることがある。

刑事に言わせれば、公安は何をもったいぶっているのだ、ということになる。知っていることは全部教えろと言う。だが、そうはいかない。公安は、隣の席の同僚にも情報を洩らさないものだ。情報の漏洩が国家の一大事につながることもあるのだ。

その点、刑事は気楽なものだ。刑事には常にマスコミの連中が接触してくる。世間話でもする気軽さで、刑事は捜査情報を顔見知りの記者に洩らしたりする。

刑事たちは、それをさじ加減と言っている。当たり障りのない捜査情報を洩らす代わりに、記者にいろいろな協力を求めるのだ。

公安の倉島に言わせれば、さじ加減もへったくれもない。マスコミには、どんな情報も与えてはならない。

これは根源的な問題だ。

刑事というのは、治安維持のある特殊な側面を担っているに過ぎない。

警察の役割は、有り体に言ってしまえば権力の擁護だ。これは、古今東西、どこの国でも変わらない事実だ。

ただ、表に現れる姿が違うだけだ。悪名高き、ソ連時代のＫＧＢや、戦前戦中の日本の特高などは、実に端的に警察の役割を体現していた。

現代では、多くの国の警察が民主的な手続きを踏むようになり、その姿はオブラートに包まれるようになった。

だが、警察が国家権力を守るために存在しているのは、否定のしようのない事実なのだ。それ以上の役割はない。

そして、その役割を代表しているのが、公安・警備部門なのだ。

マスメディアは、報道、教育とともに、権力の監視という役割を持っている。だから、公安がマスコミに情報を洩らすことなどあり得ないのだ。

刑事、交通、地域の各部門は、治安維持の一部を分担しているに過ぎない。いわば、国民に対するサービスだ。

倉島も、警察に入った当時は、そんなことは考えたこともなかった。警察官が、そういう考えを持つことは、危険だとさえ思っていた。

だが、長く公安の捜査員をやっていると、眼をそらせないことがたくさんある。公安の捜査員は、間違いなく一部の国民を監視している。そして、諸外国とスパイ合戦を展開している。

日本には諜報機関がない。アメリカには、ＮＳＡ（国家安全保障局）や、ＣＩＡ（中央情報局）があるが、日本でその役割を担っているのは、公安調査庁でも内閣情報調査室でも、外務省の国際情報統括官組織でもない。警察庁の警備部ですらない。

東京都の警察である警視庁が、その任務を果たしているのだ。

だから、警視庁公安部の規模は、人員も予算も公表されているものの十数倍はある。公安の捜査員の多くは、その身分が厳しく秘匿されている。

彼らは、敵対組織に潜入したり、人知れず商社の社員として働いていたりする。

また、エース級の公安捜査員は、領収書なしの金をほぼ無制限に使える。倉島も、その恩恵に与《あずか》ることがしばしばある。昨日の夜の飲み代も、領収書いらずの経費だった。

公安の仕事は、日本という国家を守ることなのだ。それに負い目を感じることはないと、倉島は思うようになった。

国家権力を擁護することと、倉島が考える正義の折り合いがつかなくなったとき、それは、倉島が警察を辞めるときだと思っていた。

たしかに、倉島は、警察官は正義を行うことが任務だと信じていた。その一点においては、刑事も公安も関係ない。

正義とは何かという難しい議論は、倉島には必要ない。警察官にとっての正義は単純だ。それは法と秩序なのだ。

公安部に配属されたばかりのときは、そんなことはまったく考えていなかった。だが、何度か修羅場をくぐり、死線をくぐり抜けた結果、ようやく自分のやるべきことが見えてきた。

日本人は平和ボケしていると言われている。それは、いざ平和ではなくなったときに対処できないという考えが前提になった発言だ。

平和ボケ、いいじゃないか。

倉島はそう思う。

平和ボケのまま、ずっと暮らしていければいいのだ。

平和ボケしていられる国を守り続けること。それが、自分の役割だと、倉島は思うようになった。

それが、公安の誇りだ。

3

午後八時が捜査員の上がりの時刻と決められていた。捜査員たちが、特捜本部に続々と戻ってきた。

公安三課の四人も、午後八時近くに再び姿を見せた。

係長が、近づいてきて倉島に言った。

「本庁に引き揚げたんじゃないのか？」

係長の名は、須賀《すが》知治《ともはる》。年齢は、たしか倉島より一つだけ上だ。須賀は警部で、倉島よりも一階級上だ。

縁なしの眼鏡を掛けた優男だが、彼は、ゼロの研修を受けたことがあると言われている。数少ないエース級なのだ。

優男という言葉は、最近では軟弱な男という意味合いが強く、あまりいい印象はないが、もともとは、風雅を理解するとか、姿形の優美な男という褒め言葉だったようだ。

須賀係長の場合、いい意味でも悪い意味でも優男という言葉がぴったりだと、倉島は思っていた。

「見切りをつけるのが早すぎると、上田係長に説教を食らいました」

須賀係長は穏やかに笑みを浮かべた。

まるで、警察官らしくない。それが、逆に公安らしいとも言える。

「そりゃそうだ。あのまま帰ってしまったら、何しにここに来たのかわからない」

「今でも、わからないんですが……」

「公安の事案は、そう簡単に底が見えたりはしないよ。しばらく様子を見ていることだ」

「そのつもりです」

たしかに、様子を見ているしかない。

「井上に、被害者を知らないと言ったそうだが……」

「知りません」

「ロシア大使館周辺で見かけたことがないということか？」

「少なくとも、自分は撮影したことはありませんね」

須賀係長は、無言で考え込んだ。彼が考え込むと、こちらが不安になってくる。そういう雰囲気を持った男だ。

倉島は尋ねた。

「何か気になることでも……？」

「おまえが送り込まれてくるということは、ロシアが関係していると見ていいだろう。なのに、おまえは被害者のことを知らないという……」

「いや、ただ単に自分が知らないだけなのかもしれません」

「おまえが知らなくて、誰が知っているというんだ」

「ゼロとか……」

「軽々しくその名前を出すんじゃない」

「記者たちは、ゼロのことは当然知っていますよ」

「それでも、注意するに越したことはない。チヨダ時代に、国会でその存在について野党に追及されたことがある。それが契機となって、チヨダは移転を余儀なくされ、名前もゼロに変わった」

「わかりました。気をつけます」

「彼らだって、何もないところから情報を得ることはできない。末端からの情報が頼りなんだ。そして、ロシア絡みの情報となれば、今や、おまえが最前線にいるんだ」

「買いかぶらないでください」

「買いかぶってなんかいない。でなければ、彼らがおまえをここに送り込んでくるはずがない」

倉島は、その言葉についてどう判断していいかわからなかった。素直には喜べない。

須賀の言葉を信じれば、ゼロが倉島を評価しているということになる。上田係長は、名指しだったと言った。

ますます落ち着かない気分になってきた。彼らに、試験されているような気がしてきたのだ。

いずれにしろ、警部になるまで、ゼロの研修はないだろう。それまでの、倉島の働きをじっと観察しているということだろうか。

ゼロの研修は、エース級への登竜門だ。全国の公安捜査員の憧れの的なのだ。

倉島だって、エース級の捜査員になりたい。

実は、公安に配属されたばかりの頃は、何も知らず、その秘密主義に滑稽さすら感じていた。

なんだか、周りの連中がみんなスパイごっこをやっているように思えたのだ。

配属された当初は、とにかく言われたことだけを無難にこなしていればいいと考えていた。そうすれば、いずれまたどこかに異動になるかもしれないし、定年まで問題なく勤め上げることもできる。

だが、周囲の先輩たちはスパイごっこをやっているわけではなかった。ごっこではなかったのだ。倉島は、そのことを、文字通り命を懸けて学んだ。

「つまり……」

倉島は、慎重に言った。「この件について、ロシア側の反応を探ってみろということですか？」

須賀は、またほほえんだ。

「それ以外に、おまえの存在価値はあるのか？」


捜査会議が始まる頃には、すっかり二日酔いも癒えて、活力が戻ってきていた。

詳しい検視の結果が発表された。やはり、傷は二ヵ所だけ。刃物についてはまだ特定されていないが、鋭利なもので、刺創から判断して、かなり細めのものだろうということだ。また、刃渡りは少なくとも十五センチ以上で、両刃の可能性が大きいという。

両刃で細身で十五センチ以上の鋭利な刃物といえば、刺殺用のナイフしか考えられない。

刺創は、腹部にあり正確に肝臓を貫いていた。切創は、大腿部内側の大動脈を見事に切断していたという。

さらに、倉島が予想していたとおり、目撃情報は一切なかった。近所の住民で異常な物音に気づいた者もいなかった。

その点について、イケイケコンビの一人、池田厚作管理官が報告者に尋ねた。

「もともと昼夜の人口の差が大きい地区だな……。繁華街との距離は？」

「そうですね。この一帯自体は静かな地域なんですが、赤坂の繁華街まで、目と鼻の先ですね」

「繁華街の音が聞こえてくるな？」

「そうですね」

「普段、いろいろな物音が聞こえてくるので、どの程度の物音が異常な物音なのか、判断がつかないかもしれない。その辺のことは突っ込んで訊いたんだろうな？」

「ええ、そのつもりです」

池田管理官は、うなずいた。それ以上の質問はしなかった。

目撃情報なし。

池田管理官は、繁華街の物音を気にしていた様子だが、実際、犯行の際に住民に気づかれるような大きな物音はしなかったはずだ。

倉島は思った。

刃物の形状、刺創、切創の様子から考えても、間違いなくプロの仕事だ。

昼間の池谷管理官との会話や、先ほどの須賀係長との会話で、ようやく自分の役割がはっきりしてきたと思った。

捜査会議が終わると、また捜査員たちの多くは外に出かけていった。深夜まで聞き込みに回るのだ。

倉島は、すぐ近くにいた赤坂署員に尋ねた。

「署内に公衆電話はあるかい？」

「ああ……」

署員は、怪訝な顔でこたえた。「一階にあるけど……」

そこら中に電話があふれている。誰もが携帯電話を持っているし、特捜本部内には、電話がずらりと並んでいるのだ。

彼が不思議そうな顔をするのも無理はない。だが、公安捜査員の知り合いがいればすぐに納得できたはずだ。

電話をかけると、相手の端末やNTTのコンピュータに発信者の履歴が残る。公安の捜査員はそれを嫌うのだ。

公衆電話が一番安全なのだ。だが、最近では、街中でなかなか見つからない。倉島は、緊急時のために、都内で公衆電話がある場所をだいたい把握していた。

JRや私鉄の駅にはある。さらに、たいていは交番のそばにもある。

倉島は、一階に下りて携帯電話の番号に電話をした。今時、呼び出し音八回まで待った。相手が出た。

「アロー」

聞き慣れた声が聞こえてきた。

「倉島だ。元気でやってるか?」

「やっぱり、あなただったか……」

「久しぶりに、食事でもしないか?」

「あなたとの食事は高くつく」

「おい、アレキサンドル・セルゲイビッチ・コソラポフ、俺があんたに払わせたことがあるか?」

ロシア人に、フルネームで呼びかけるのは、いろいろなニュアンスを含んでいる。あらたまった場合が多いが、冗談でわざとそう呼ぶことも少なくない。

「あなたは、食事代を払う。その代わりに私が別のものを支払う。それが高くつくと言ってるんだ」

「会って話をすることは、お互いのためになると思うがな……」

短い沈黙があった。

高木が殺害されたことは、すでにニュースで流れている。政治結社の構成員であることも発表している。

コソラポフは、そのニュースを知っているはずだ。倉島は、コソラポフの反応を待った。

やがて、声が聞こえてきた。

「わかった。いつがいい？」

「今日、これからはどうだ？」

「食事をすると言わなかったか？　こんな時刻だ。すでに夕食は済ませた」

「ならば、夜食を付き合え」

「ダイエット中なんだよ」

「ヴォトカはどうだ？」

ヴォトカは、ウォッカのロシア風の発音だ。

コソラポフは低くうなってから言った。

「それなら断る理由はないな」

「十時にいつものバーでどうだ?」

「わかった」

電話が切れた。

倉島は、受話器を置いてそのまま、赤坂署を出た。


アレキサンドル・セルゲイビッチ・コソラポフは、ロシア大使館の職員だ。三等書記官という身分だが、実はFSB(連邦保安庁)に所属している。

ソ連の解体と同時に、世界に悪名を轟かせたKGBも解散となった。だが、実際は、ほとんどの人員や機能が、そのままFSBに引き継がれたといわれている。

コソラポフもその一人だ。彼は、KGBの捜査官だった。表舞台に立つ仕事だが、もちろん特殊部隊などの裏の仕事をする連中と密接に連携を取っていた。

ソ連崩壊後、しばらくは無職だったが、すぐにFSBのスカウトを受けた。一度スパイになったら、死ぬまでスパイでいつづけなければならないと言われている。

KGBやFSBの職員も同じ性格を持っている。

待ち合わせたのは、古くから六本木にあるカウンター中心のバーだ。交差点からミッドタウンに向かってわずかに進んだ左手の地下にある。

ロシア大使館は、狸穴《まみあな》にあるので、職員たちは飯倉片町あたりで食事をしたり酒を飲んだりすることが多い。

だから、コソラポフはそのあたりで倉島とは会いたがらない。かといって、銀座や赤坂といった別の街に出かけるかというと、そうでもない。やはりテリトリーの外に出るのが不安なのだ。

カウンターでビールを飲んでいると、コソラポフがやってきた。無言で隣のスツールに腰を下ろした。

砂色の髪に、青みがかった灰色の眼。暗い眼差し。典型的なロシア人だ。身長は、百八十センチを超えているが、ほっそりとしており、それほど大柄には見えない。

「生ビール」

コソラポフがバーテンダーに言った。

「驚いたな」

倉島は言った。「ヴォトカじゃないのか？」

「物事には、段取りというものがある」

「段取り？　粋な日本語を知っているな」

「私は、モスクワ大学で日本語を専門に勉強したんだ」

「知ってるよ。とりあえず、乾杯しよう」

コソラポフが注文したビールがやってきて、倉島はグラスを挙げた。

「乾杯？」

コソラポフが言った。「何のために？」

「健康のために、だ」

これは、一般的なロシアの乾杯の文句だ。コソラポフはうなずいた。

二人は、「ナ・ズダロービア」と言って、グラスを合わせた。

貴重なワインでも味わうように、コソラポフは注意深くビールを一口飲んでから、倉島のほうを見ずに言った。

「言っておくが、右翼が殺された件については、私は何も知らんぞ」

「話が早いな」

「このタイミングで、あんたが俺を誘った。それしか考えられないだろう」

「席を移ろうか？」

倉島は、背後のボックス席を見て言った。

倉島たちの両隣に客はいないし、バーテンダーは離れた場所にいるので、カウンターにいても、他人に話を聞かれる恐れはあまりない。

だが、用心に越したことはない。

コソラポフがうなずいて、ビールのグラスを持った。

奥のボックス席に移ると、倉島は言った。

「高木英行を殺したのはプロだ」

「そうなのか。日本も物騒になったものだな。私が日本に来た当初は、今より治安がよかったような気がする」

コソラポフは、日本に十年も住んでいる。それだけ長い間、大使館員が異動にならないというのも奇妙な感じがするが、ロシアではよくあることだ。

コソラポフは、日本語が堪能で、さまざまな人脈を持っている。彼を異動させなければならない理由は、今のところないのだろう。

長く同じ場所にいると、いろいろなものとの癒着が生じる。それがやがて贈収賄などに発展するのだが、コソラポフはその点、ひじょうに慎重だ。

唯一の癒着は、倉島の協力者になったことだろう。

「手口が鮮やかだ。傷は二ヵ所だけ。それが致命傷となっている。おそらくダガーナイフを使ったんだ。何か心当たりはないか？」

コソラポフは顔をしかめた。

「だから、私は何も知らないと言っているだろう」

「あんた、墓穴を掘ったんだよ」

「ボケツヲホッタ？　何のことだ？」

「自分で自分の墓の穴を掘ったということだ。つまり、言わなくてもいいことを言ってしまったというわけだ。殺人事件のことを言い出したのは、あんただ」

「話を早く済ませようと思っただけだ。事実、あんたは、そのことで私に会いたかったのだろう？」

倉島はうなずいた。

「そうだ。もう一度訊く。手口を聞いて、何か心当たりはないか？」

「どうして私にそんな質問をするのか、理解できない」

「俺が特捜本部に送り込まれたからさ」

コソラポフが、眉間に皺《しわ》を刻んで倉島を見つめた。倉島の言ったことが理解できないらしい。続けて言った。

「最初は、俺も戸惑った。殺された高木という男に見覚えはなかった。だから、どうして俺が、特捜本部に参加しなければならないのか、まったくわけがわからなかった。そのうち、自分の役割がわかってきた。この件は、ロシアに関係がある。だから、俺にお呼びがかかったんだ」

コソラポフは、じっと倉島の話を聞いていた。ロシア人は、たいてい表情にとぼしい。西洋人は、日本人の感情表現の地味さを指摘する。だが、ロシア人は、日本人に負けず劣らず無表情だ。

ロシアに着いたとたん、違和感と同時に奇妙な親近感を覚えるのは、道行く人々の一様に感情を押し殺したような表情だ。

このときのコソラポフは、まさにロシア人そのもので、完全に表情を閉ざしていた。

倉島が話し終わると、コソラポフはひどくつまらない話を聞いたとでもいいたげに、またビールを一口だけ飲んだ。

「俺にはまったく関係のない話だ」

「そうかな。あんたは、ロシア大使館の職員だろう。日本にいる全ロシア人に対して責任があるんじゃないのか？」

「刑法犯の捜査は、現地主義だ。日本で起きた殺人に関しては日本の警察に捜査権がある」

「あんたの口からそういうことを聞くと、悪い冗談のように聞こえる」

「とにかく、右翼が殺された件に関しては、私は何も知らない」

「勘違いしないでくれ。俺は殺された高木英行について質問しているわけじゃないんだ。犯行の手口について訊いてるんだ。ダガーナイフ。たった二ヵ所の傷。おそらく、仕事は一瞬で終わったはずだ。そういう仕事をするやつに、心当たりはないかと尋ねているんだ」

「あるさ」

コソラポフは、事も無げに言った。「特殊部隊のやつなら、全員そういう訓練は受けている。ソ連やロシアに限らない。アメリカの特殊部隊だってそうだ。自衛隊はどうか知らないがね……」

世界中の軍や諜報機関の関係者が、日本の自衛隊をばかにしている。倉島は、こういう皮肉には慣れっこになっていた。

「つまり、容疑者は、数限りなくいるということか?」

「そういうことになるな」

「たとえば、あんたの国のスペッツナズとか……」

コソラポフは鼻で笑った。

「西側諸国の伝説の一つだな。ソ連時代のスペッツナズが有名になったのは、アメリカの小説家のおかげだ」

「ポロックの『樹海戦線』……」

「たしか、そんな作品だったな。おかげで、スペッツナズの株はおおいに上がったが……」

コソラポフは失笑した。「やつらは、実際にはただの使い捨てだったんだ。頭を使うことを知らない、ただの命知らずだ」

「それでも、他国の兵士にしてみれば、充分な脅威だっただろう」

「アルファ部隊のほうが、本当はずっと優秀なんだ」

アルファ部隊というのは、旧KGBの特殊部隊で、FSBに引き継がれた。

コソラポフは、エリートとしての誇りがあるので、スペツナズのことを一段低く見ているのかもしれない。

「その優秀なアルファ部隊の隊員が、在日本のロシア大使館にいたりするのか？」

「いたらどうだというのだ？」

倉島は、ビールを飲み干した。

「お代わりをもらってくる。あんたも、同じものでいいか？」

「私はけっこうだ。長居するつもりはない」

「段取りがあると言っていただろう。次にヴォトカを飲むという意味じゃなかったのか？」

「気が変わったんだ」

倉島は、自分のビールだけを持って席に戻った。コソラポフのビールは、まだグラスに半分以上残っていた。

倉島が椅子に腰を下ろすと、コソラポフが言った。

「あんたは、特捜本部に送り込まれたと言ったな？」

「そうだ」

「誰に送り込まれたんだ？」

「警察の上層部だよ」

「上層部とは、具体的に誰のことだ？」

「俺に直接命令するのは、常に係長の上田だ」

「だが、もっと上のほうからの指示だったと、あんたは考えているのだろう」

「なぜ、そう思う？」

「あわてて私に泣きついてきたからだ」

倉島は笑った。

「泣きついただって？　俺は、世間話をしているだけだ」

「何か手がかりがほしいのだろう。残念だな。私は本当に何も知らない」

「ならいいさ。飲もうぜ。クラブにでも繰り出すか？」

「遠慮しておく。大使や一等書記官に睨まれたくないんでね……」

「別に、酒を飲んだからといって、睨まれたりはしないだろう」

「ロシア人は、嫉妬深いんだ。自分より下の者が高いクラブなどで飲んだことを知ると、ひどく不機嫌になる」

「じゃあ、ここでヴォトカでも飲んでいけよ」

コソラポフは、残っていたビールを一気に飲み干した。

「いや、これで失礼する」

コソラポフは、席を立った。

一人残された倉島は、ビールを片手にほほえんでいた。

よほどのことがなければ、慌てて酒の席を立つような男ではない。クラブで飲んだりすると、上司の機嫌が悪くなるというのも言い訳だ。

コソラポフには心当たりがあるに違いない。そして、そのことを無言で倉島に知らせようとしたのだ。

4

翌十三日は、土曜日だが、特捜本部ともなれば、土日も祝日も関係ない。

倉島も朝の捜査会議に出席していた。捜査は、それなりに進行しているが、犯人を絞り込めずにいた。

刑事たちも、プロの犯行と考えているようだ。捜査一課の田端課長は、組対四課の協力を得て、暴力団等の情報を得ようとしていた。

『旭日青年社』は、暴力団ではないが、暴力団と密接なつながりがある。ある暴力団の三次団体だったが、数年前に政治結社として生まれ変わったのだという。

過去の抗争事件が尾を引いている可能性もあると、捜査一課と組対四課では考えている様子だ。そちらの線を中心に洗うということだ。

もしかしたら、捜査が見当外れの方向に進んでいくかもしれないが、倉島は余計なことは言わずにおくことにした。

今はまだ、倉島にもほとんど何もわかっていないのだ。

公安三課の連中も、捜査には口を挟まない。別に、意地悪をしているわけではない。役割分担なのだと、倉島は割り切ることにした。

捜査会議が終わると、捜査員たちは街に散っていった。予備班の倉島は、特捜本部に残っていた。

今日は、公安三課の連中も残っている。

昨夜のコソラポフとの会話について考えていると、井上が近づいてきた。

「係長と話をしたらしいな」

「ああ。少しは頭を使えと言われた」

「ゼロがあんたを名指しで送り込んできたというのは本当か？」

「須賀係長がそんなことを言ったのか？」

井上は渋い顔でかぶりを振った。

「俺たちに発破を掛けるためにな……」

競争心を煽るために利用されたということだ。

「名指しだったというのは、本当らしいが、その理由については、俺は知らない」

「あんた、謙虚なんだな」

「そうじゃない。本当に理由がわからないんだ。それに、俺を指名したのは、ゼロとは限らない。公安総務の指示だったらしい」

「公安総務なら、警察庁の警備企画課と直でつながっている。警備企画課とくれば、やっぱりゼロだろう。やはり、ロシアが関係しているのか？」

「正直言って、わからない。まだ、当たりをつけている段階だ」

「殺された高木英行は、行動派で、街宣活動をさかんにやっていた。個人的には、韓国系ということもあって、北朝鮮の拉致問題に関心を持っていたそうだ。その一方で、北方領土問題にも関心を寄せていた。当然、ロシア大使館周辺で街宣をやっていた」

「だが、俺は見たことがなかった」

「車の中に収まっていたのだろう」

「ロシア大使館周辺で、街宣活動をしていたというのは、確かなのか？」

「間違いない。それがどういうことかわかるな？」

「ロシア側から金をもらっていたということか？」

井上は、満足げにうなずいた。

「さすがに、外事一課だな」

「別に外事一課じゃなくたって、それくらいのことはわかる。つまり、街宣活動をやるたびに、幾ばくかの金をせしめていたということだな」

「右翼の街宣活動が、ロシアのイメージ戦略に利用されているという側面がある。つまり、右翼が悪役にされているわけだ。右翼が騒げば騒ぐほど、ロシアに同情的な世論が作られる。街宣活動をする行動右翼は、世間からは嫌われているからな」

倉島はうなずいた。

「どんな理由にせよ、ロシア大使館から行動右翼に金が流れているという話は聞いたことがある」

「それに、北方領土だ。北方領土問題を行動右翼が声高に叫ぶたびに、人々の心は離れていく。真面目に議論するという風潮から遠ざかっていく」

「それも、ロシアにとって好都合なわけか。ロシア大使館は、周辺で街宣活動やデモ行進があるたびに、政府や警察に強硬に対策を申し入れるくせに、裏では金を渡して、わざとやらせているということになる」

井上はうなずいた。公安同士の共感を感じさせる、親しみのこもった表情だった。

「おそらく、被害者の高木も、ロシア大使館から金をもらっていたはずだ」

だが、倉島は気を許さなかった。

「その話を、刑事たちにはしたのか？」

「刑事は、自分たちが嗅ぎつけたことしか信用しないよ。情報をよこせと騒ぐくせに、いざ教えてやると、誇大妄想だと言わんばかりの眼で俺たちを見るんだ」

いまいましげな口調だ。おそらく、井上は過去に、今回のように刑事たちといっしょに仕事をしたことがあるのだろう。刑事と同じ帳場で働いた公安捜査員は、例外なくひどい苛立ちを覚えるのだ。

「情報は共有すべきだ。そのための、特捜本部だ」

井上は、急に白けたような顔つきになった。

「きれい事を言うなよ。あんただって、何も教えてやらないじゃないか」

「俺が発言しないのは、まだ何もわかっていないからだ」

井上が、小さく首を傾げた。どうでもいい、という仕草だった。

「まあ、刑事たちに伝える必要があれば、係長が伝えるだろう。こっちも、金の流れをちゃんとつかんでいるわけじゃない。憶測を伝えると、かえって捜査が混乱する。……だろ？」

「そうだな……」

「しかし、ゼロからご指名となると、研修も近いんじゃないのか？」

「それは関係ないだろう」

そう言ったが、つい期待してしまう。

「いや、あんたのことは、ちょっとした噂になっている。元ＫＧＢの凄腕の殺し屋と渡り合ったんだってな」

噂というのは、尾ひれが付くものだ。

かつて、そんな出来事があった。だが、対等に渡り合ったわけではない。倉島は、完全に子供扱いされたのだ。

「その、かつての殺し屋は、その後協力者となったこともある」

「へえ、そうだったのか……」

いずれの事件も、公開されなかった。公安捜査員がたずさわる事案が公にされないのは、珍しいことではない。

形を変えてマスコミに発表されるのだ。記者クラブの連中は、その発表を鵜呑みにして記事にし、ニュースで読み上げる。国民も、それを疑うことはない。

「ロシア大使館から高木に金が渡されていたかもしれないという話は興味深かった。その線も調べてみる」

倉島が言うと、井上は急に落ち着かない様子になった。おそらく、自分がしゃべりすぎたことに気がついたのだろう。

倉島は、にっと笑って言ってやった。

「他言はしない。心配するなよ、公安同士じゃないか」

井上は、ひどく曖昧な笑みを浮かべた。

あちらこちらをつついて、何が出るかじっと待つ。

それが、情報収集のコツだ。

まず、ロシア大使館のコソラポフをつついてみた。次は、どこを攻めようかと考えていた。藪をつついて、蛇が出てくることもあるが、それでも何もわからないよりはましだ。

考えを巡らせているうちに、いつしか、先ほど井上が言ったことについて考えている自分に気づいた。

「ゼロからご指名となると、研修も近いんじゃないのか?」

井上はそう言った。言われて気がついた。倉島は、自分で思っている以上にそのことを意識していたようだ。

期待などしてはいけない。今やれることを、全力でやるだけだ。

自分にそう言い聞かせた。

第一、倉島を指名したのがゼロかどうかは、まだわからないのだ。上田係長は、警察庁の警備企画課からの指示で、倉島を名指しだったと言っただけだ。

だが、つい「もしかして」と思ってしまう。今の自分がいかに中途半端かを自覚しているからだ。

かつて、ロシアからやってきた、元KGBの殺し屋を拘束しようとした。それは捜査などというものではなく、まさに戦いだった。

そして、思い知ったのだ。旧KGBと日本の警視庁公安部では、力の差がありすぎる。訓練のレベルが違うのだ。

こちらは、公務員として日常業務を遂行しているに過ぎなかったが、向こうは命懸けだった。その戦いを通じて、倉島は変わった。公安の捜査官として覚醒したのだ。そうなれば、当然、一人前になりたいという欲求が生まれてくる。

公安捜査員になったからには、エース級になりたい。

もしかしたら、今回、外事一課から一人だけ特捜本部に送り込まれたのは、一種のテストなのではないかと、勘ぐっていた。

余計なことは考えるな。

倉島は、自分を戒めた。

野心は必要だが、時と場合による。今は、捜査に集中するときだ。妙なことに気を取られていては、足元をすくわれる危険がある。

公安の捜査はいたってデリケートなのだ。刑事たちは、一つの事案が片づけば、酒場に繰り出して気分を切り替えることもできる。

だが、公安の事案の多くは、ずっと継続していく。そして、常に気を抜くことはできない。酒を飲むときは、たいていは情報収集をするときだ。

井上が言ったとおり、刑事からは、秘密主義で誇大妄想に見えるかもしれない。だが、それが公安なのだから仕方がない。

倉島は、気分を変えたくなった。特捜本部の中でじっとしていると、考えなくてもいいことを考えてしまう。

資料を片づけて、特捜本部を出た。

蛇の道は蛇というたとえもある。

倉島は、昨夜同様に六本木に向かった。ミッドタウンの向かい側の路地を入ると、小さなマンションの前に来た。古いマンションで、何もかもがどんどん新しくなっていくこの一帯で、このマンションは、時代に取り残されたような印象があった。

いまだにオートロックでもない。エレベーターはずいぶん旧式で、何か作動するたびにひどく大きな音を立てて、乗っている者を不安にさせる。

六階建てのマンションだが、その最上階に、目的の部屋があった。

『オフィス良』というプレートがかかっていた。中には、スチールデスクの島が作ってある。ごく普通のオフィスのような造りだが、そこにいる連中の人相が普通ではなかった。

ここは、『良虎会』という暴力団の事務所だ。組長の名前は、高橋良一。まだ、二十代の半ばだが、いっぱしの極道の貫禄を持っている。

倉島の姿を見ると、事務所にいた若い衆が皆立ち上がって礼をした。警察官だからというわけではない。組長の高橋良一の知り合いだからだ。

「社長はいるかい？」

倉島が尋ねると、すぐ近くにいた組員がこたえた。

「はい、少々お待ちください」

すぐに、奥に通された。組長の部屋には、大きな神棚があった。それ以外は、ごく質素な事務所のたたずまいだ。机も他の事務員と同じスチールデスクだった。

「倉島さん」

高橋良一は立ち上がったものの、にこりともせずに言った。「ご無沙汰しております」

愛想はないが、敵愾心《てきがいしん》も感じられない。倉島にとってはその点が重要だった。

高橋を知ったのも、やはりロシアから来た暗殺者との戦いや、その後の関わりを通じてのことだった。直接顔を合わせたことはなかったが、事件の経緯の中で、彼の存在が見え隠れしていた。

興味を持った倉島は、彼を訪ねてみた。

当初は、警戒心のかたまりだったが、何度か会い、当時の話をするうちに、彼は打ち解けてきた。

もっと若い頃には、眼に険があったが、今ではずいぶんと穏やかな顔つきになっている。

「すまんが、挨拶は省かしてもらう」

高橋良一はうなずいた。

「お互い、忙しい身ですからね」

来客用のソファを右手で指し示した。

「いや、すぐ失礼するからこのままでいい」

倉島は立ったままで言った。

「それじゃ、茶もお出しできません。どうぞ、一度腰を落ち着けてください」

ちょっとだけ迷ったが、ソファに座ることにした。高橋良一もスチールデスクの向こうから歩み出て、向かい側のソファに浅く腰を下ろした。

すぐにお茶が出てきた。組員もよく躾けられている。高橋良一の前にも茶が置かれた。高橋は手をつけない。倉島が手を出さない限り、決して飲むことはないのだ。

倉島は、茶を飲んだ。

敵対組織が提供するものは、たとえ茶の一杯でも手を出してはならないという警察官もいる。だが、倉島はそういうことは気にしないことにしている。生真面目なのは悪いことではないが、杓子定規な警察官は脆《もろ》いものだ。清濁併せ呑むタイプが一番仕事ができる。

倉島は、そう信じていた。

「あんたは昔、暴走族で、その後、右翼のもとで世話になっていたんだったな？」

「ずいぶん昔の話です」

「右翼団体とは、もう付き合いはないのか？」

「まあ、仕事柄、政治結社の人たちとも顔を合わせることはありますよ」

「大木天声とか……」

表情は穏やかなままだが、眼の光が変わった。凄味があった。

「大木先生は、別格です。自分を一人前にしてくれました」

ヤクザの世界は出世が早い。逆に言えば、早く芽が出ないやつは、ずっと出世できないのだ。大木天声というのは、理論右翼の大物だ。高橋を拾って育てたのが大木だ。たしかに、高橋が言うとおり、大木は行動右翼などに比べれば別格だ。

「高木英行という男が殺害された。高木の本名は、高英逸。『旭日青年社』という政治結社の幹部だった」

「その事件は知っています。テレビや新聞で見ました」

「高木を知っていたのか？」

「いいえ。会ったことはありません」

「『旭日青年社』は？」

「まあ、まんざら知らないわけでもありません」

「つながりはあるのか？」

「うちとですか？　親戚関係はありませんよ」

稼業の上での親戚関係という意味だ。

「『旭日青年社』の主な収入源は何だ？」

「よそのシノギのことはよく知りませんよ」

「あんたに迷惑をかけるようなことはしない。知っている限りでいい。いや、想像のレベルでもかまわない」

「ヤクザは想像でものを言ったりしません」

「警察官に似てるな」

「そう、似てると思います」

「今日のところは、世間話だと思ってくれ」

高橋は、少しの間考えていた。それから、落ち着いた口調で話しはじめた。

「一般的な政治結社のシノギといえば、機関誌の購読料とか、寄付金が主ですね。ゼネコンなんかは、現場で問題が起きないように、お付き合いの金を払ったりします。『旭日青年社』も似たり寄ったりじゃないですか？」

まったく、まだ二十代だというのに、たいしたものだと、倉島は思った。話す内容といい話し方といい、さすがに小さいながらも自分の組を持っているだけある。

高橋の言うとおり、企業から行動右翼に流れている金はばかにできない。赤旗が、ある消費者金融から、複数の行動右翼団体に金が支払われていたことを報じて話題になったことがある。

ゼネコンの話も本当だ。

機関誌の購読料という名目で、かなりの金額を得ていることも事実だ。

「なるほどな……。行動右翼は、ロシアとか中国、北朝鮮などを対象に街宣活動をしたりする。もともと反共のために、保守政党が暴力団を政治結社化させた経緯もある。『旭日青年社』もそういう活動をやっていたと思うが……」

「やっていたと思います」

「そういう国から、金が流れていたという話を聞いたことはないか？」

高橋は、かすかにほほえんだ。その笑いの意味がわからず、倉島はほんの少しだが苛立った。

「聞いたことはありますよ。でも、本当かどうかは、私にはわかりません」

「企業などは、街宣活動をやめてほしくて金を払う。だが、例えばロシア大使館などは、街宣活動をやらせるために金を支払っている節があるというが、本当だろうか」

「さあね……。外国の大使館の考えていることなんて、たかが極道にわかるはずがないでしょう」

「それはそうだな……」

倉島は、引き時を考えていた。

いきなりやってきて、おいしい話を聞けるとは思っていなかった。今日は、いわば顔見せだ。長い間会っていなかったので、旧交を温めたと思えばいい。

高橋は、まだほほえんでいる。

「倉島さん……」

高橋が、呼びかけてきた。意味ありげな態度だ。

「何だ？」

「私に、渡りをつけろとおっしゃりたいんでしょう？」

「何のことだ？」

「そのつもりでここにいらしたのでしょう。大木先生ですよ」

高橋の深読みに、かえって慌ててしまった。

「いや、そこまでは考えていなかった。本当に、あんたが何か知ってるんじゃないかと思ってやってきただけだ」

本当に、二十代の若者を相手にしている気がしない。

「大木先生につなぐ必要はないと……？」

「いや、そうしてもらえれば、ありがたいが……」

「お話ししてみますよ。先生がご興味を持たれるかどうかはわかりませんがね……」

「すまんな。俺の携帯の電話番号を教えておく」

「携帯をお持ちなんですね」

「持ってるさ」

「でも、その携帯からおかけになることはほとんどないのでしょう?」

「よく知ってるな。そう、ほぼ着信専用だな。メモ用紙とペンを貸してくれ。番号を書いておく」

高橋は動こうとしなかった。

「おっしゃっていただくだけでけっこうです。メモなど残すと、面倒なんじゃないですか?」

「昔と違って、かければ端末に履歴が残るから、メモを書かなくても同じことなんだがな……」

「気分の問題ですよ」

「気を使ってくれてすまんな」

倉島は携帯電話の番号を言った。高橋は、うなずいた。

本当に覚えたのだろうか。ちょっと不安だった。だが、信用することにした。

一流のヤクザは、電話番号を一度聞いただけで暗記するものだと聞いたことがある。一流のホステスと同じだ。

「もし、大木先生が興味をお持ちになられたら、先生のほうから連絡を差し上げるでしょう」

「了解した。恩に着るよ」

「ヤクザ相手に、そういうことを言うと、高くつきますよ」

「本心からそう思っているんだ」

倉島が立ち上がると、高橋もすぐに立ち上がった。自分の部屋の出口だけでなく、事務所の出口まで見送ってくれた。

おそらく、これは滅多にないことなのだろう。組員たちも全員直立不動で、倉島を見送った。

5

思った以上の収穫だった。

大木天声の名は聞いたことがあるが、会ったことはなかった。理論右翼の大物で、指定団体などの理論的な後ろ盾になっている。また、保守系の政治家にも影響力があると言われている。

街宣活動は一切やらない。機関誌の発行などもやらない。何冊か著書を刊行しているし、大手出版社のオピニオン誌にも寄稿している。

だが、テレビやラジオ、新聞には一切顔を出さない。

警察が事情聴取に行っても、おいそれと話をしてくれそうにない。高橋良一のような仲介者はありがたかった。

大木から連絡が来るとは限らない。倉島の話に興味を持たなければそれまでなのだ。だが、ルートができたことは事実だ。

右翼担当の公安三課の連中に話したら、目を丸くするのではないだろうか。言わないでおいたほうがいい。少なくとも、大木天声から連絡があり、話を聞くまでは、黙っているべきだと、倉島は判断した。

六本木の交差点に向かって歩いていると、昨日、コソラポフと話をしたバーの看板が眼に入った。

コソラポフはどうしているだろう。昨日の話など忘れて、日常の仕事をこなしているだろうか。

そうではないような気がした。コソラポフは、行動右翼団体に、ロシア大使館から金が動いていることを知っているに違いない。

高木が殺されたことを話題にしたとき、そのことを日本の警察官が勘づいているのではないかと思い、戸惑いを隠せなかったのだろう。まったく無表情だったが、倉島にはわかった。

今ごろ、誰かと相談しているだろうか。いや、それはおそらくない。一人で、あれこれと考えているに違いない。

これも、向こうからの反応を待ったほうがいい。倉島はそう考えた。

こちらからあまりつつくと、逆効果になる。揺さぶりをかけたのだから、ここは、何が出てくるか、じっと待つのが手だ。

警察庁の警備企画課は、どこまで情報をつかんでいるのだろう。

まさか、からくりをすべて知っていながら倉島に探らせている、などということはないだろう。

警察庁はそんなに暇ではないはずだ。ひじょうに不確かな情報を得ていて、それについて詳しく調べさせたいというのが実情だと、倉島は考えた。

倉島から情報を吸い上げた後は、どうするのだろう。おそらく、そこからはエース級が投入されるのだ。

倉島の出番は、ある程度の情報を上げたところで終わりなのだと思った。それはちょっと悔しいが、仕方がない。公安の事案は、エース級が扱うのだ。倉島のような普通の捜査員は、その補助役でしかない。

自分自身で事案を掌握したかったら、エース級になるしかないのだ。

赤坂署の特捜本部に戻ると、田端捜査一課長と組対四課の係長の一人がひどく真剣な顔つきで何やら話し合っていた。二人のやり取りを池田、池谷の二人の管理官がじっと見つめている。

その二人の様子が気になった。

井上の姿を見つけて近づき、尋ねてみた。

「田端課長たちは、何を話し合っているんだ？」

「組対四課が『旭日青年社』の様子を探ってきたんだ。幹部が殺されて、ちょっとした騒ぎになっていてもおかしくない。だが、妙におとなしかったんだそうだ」

「ありがたいことじゃないか」

「ああいう連中が、予想通りの反応を示してくれないと、組対四課の連中は落ち着かないのさ」

「予想通りの反応？」

「幹部が殺されたんだ。弔いのための街宣とか、もっといきり立ってもおかしくはないと考えていたのだろう。それが、妙におとなしい。それについて、田端課長と話し合っているんだろう」

「妙におとなしいか……。『旭日青年社』の連中は、高木を殺害したのが何者か、わかっているんじゃないのか？」

「どうかな……。でも、たしかに、『旭日青年社』の静けさは不気味ではある」

「公安三課は、組対四課との話し合いには参加しないのか？」

「何のために？」

「組対四課は、組織暴力の専門家だが、あんたらは、右翼の担当だろう？」

「うちの係長は、必要ないと考えているんだろう」

「そういう態度が、刑事たちに嫌われるんだ」

「別に嫌われてもいいさ」

倉島は、井上のそばを離れて、一人になった。そして、考えていた。

手口を見れば、犯人がプロであることはすぐにわかるはずだ。プロということは、雇った者がいるはずだ。

『旭日青年社』の連中は、その雇い主が何者か知っている可能性は強い。

対立している組織かもしれない。

あるいは、何らかの理由で、外国から来た殺し屋が、高木を消した可能性もある。

例えば、ロシアから来た殺し屋だ。

コソラポフは、明らかに何かを知っている様子だった。何を知っているのかは、まだわからない。

いろいろと想像はできるが、想像しても仕方がない。確実な情報を入手していかなければならないのだ。

田端課長と組対四課の係長の話し合いが終わった。田端の表情が険しい。

この殺人が、けっこう面倒な事案であることを、その表情が物語っている気がした。

翌日は日曜だったので、当然本庁には顔を出さず、赤坂署の特捜本部に直行した。

ほとんどの刑事たちは、赤坂署に泊まり込んでいる。だが、公安三課の連中は、夜の捜査会議が終わると帰宅していた。

倉島もそうすることにした。刑事たちに付き合って泊まり込む必要もない。別に楽をしようというのではない。事実、こうして日曜日の朝から特捜本部にやってきているのだ。

朝の捜査会議が始まる。

会議では、現在の『旭日青年社』の動向が話題になった。昨日、田端課長と組対四課の係長がそれについて話し合ったからだ。

『旭日青年社』では、今回の殺人について、公式にはまったく何の発言もしていなかった。示威行動も取っていない。

あまりに静か過ぎるのが気になると、田端課長は言った。これは、田端課長本人の意見というよりも、組対四課の考えだろう。

田端課長は、嵐の前の静けさという印象を抱いているようだ。それが不気味だというニュアンスのことを言っている。

「『旭日青年社』が、今後、無茶なことをしでかさないように、組対四課、ならびに公安三課で、動向をしっかり探っていただきたい」

田端課長は言った。

殺人については、捜査一課が引き受けると言いたいのだ。

田端課長の指示は的確だと、倉島は思った。役割分担だ。それぞれが得意分野を引き受けるということだ。

倉島に対する指示はなかった。今までどおりでいいということだろう。

殺人の捜査自体の進展はなかった。証拠が見つかっていない。目撃者もなし。鑑取り捜査でも、ほとんど何も浮かんでこない。プロの仕事というのはそういうものだ。

捜査会議が終わり、刑事たちがまた外に散っていく。

倉島は、コソラポフらの情報源から連絡があるかもしれないと思い、特捜本部で待つことにした。

あまり、期待はできない。だが、可能性がないわけでもない。

昼近くなって、連絡係が倉島の名前を呼んだ。

電話だ。

「はい、倉島」

「上田だ」

「係長ですか……」

落胆した。だが、世の中そう、うまくいくはずもない。

「俺からの電話が気に入らないような口調だな?」

「情報源から連絡が入るんじゃないかと思っていたんですよ」

「すぐに、本庁に上がれ」

倉島は驚いた。

「日曜ですよ。係長、本庁にいるんですか?」

「私も、今来たところだ。すぐに来られるか?」

上田係長が、すぐに来いというときは、何を置いてでも行かなくてはならない。

「十五分で行きます」

「わかった」

電話が切れた。

タクシーで本庁に向かった。日曜日で道がすいており、言ったとおり十五分後には、係長の席の脇に立っていた。

日勤の公安部は、さすがに人が少ない。

「進展はあったか？」

上田係長は、倉島の顔を見るなり、そう尋ねた。倉島は、これまでの経緯を説明した。

コソラポフは、倉島の個人的な情報源なので、実名は出さなかった。

大木天声のことを話すと、さすがの上田係長も、少しばかり驚いた顔をした。倉島は、気分がよかった。

話を聞き終えると、上田係長は言った。

「金の動きというのは、いい着眼点だ」

「ほめられると、かえって怖いですね」

「成城署に行ってくれ」

「は……？」

「明日の朝一番で、帳場が立つはずだ。そこの様子も見てこい」

「帳場……？　どういうことです？」

「第一報は流れたぞ。ニュース、見てないのか？」

「ずっと、特捜本部にいましたから……」

上田係長は、苦い顔になった。

「捜査本部のような閉鎖空間にいると、しばしばそういうことが起きる。担当している事件のことだけしか頭になくなるんだ。今朝、世田谷区鎌田一丁目で、遺体が発見された。他殺体と見られるため、本庁の捜査員も臨場した」

「あの……」

「何だ?」

「自分は、赤坂署の特捜本部に参加しているんですが……」

「関連があるかもしれない。だから、様子を見に行けと言ってるんだ」

「関連があるかもしれない?」

「殺害されたのは、指定団体の構成員だ。ロシアとの密貿易を資金源の一部にしていたと見られている」

「すぐに向かいます」

倉島は言った。余計な質問をしている場合ではないということがわかった。「ひとつだけ訊いていいですか?」

「何だ?」

「成城署に行くのも、警察庁の警備企画課からの指示でしょうか?」

「そうだと思う。私は、やはり公安総務課からの指示として、課長から言われた」

「わかりました」

倉島は、出口に向かった。

「おい、様子を見るだけでいいんだ」

上田係長の言葉に振り向いた。「あまり入れ込むな」

「はい」


成城署では、まだ特捜本部の体裁が整っていなかった。上田係長が言ったとおり、本部が本格的に始動するのは明日になるだろう。

だが、それまで捜査員たちが手をこまねいているわけではない。すでに、署に引き揚げてきていた刑事課強行犯係と、警視庁捜査一課の捜査員たちは、課長や管理官の指示で動きはじめていた。

声高な電話のやり取り、管理官の大声の指示。メモを持って走り回る捜査員。もはや捜査本部の雰囲気だった。

誰かをつかまえて何か訊こうとしても、怒鳴りつけられるのがオチだ。倉島は、部屋の隅でしばらく様子を見ていることにした。

「遺体の発見場所が、鎌田だったんだよ。しょうがないだろう」

そんな言葉が聞こえてきて、倉島は、どういうことだろうと思った。

別の声がそれに応じた。

「だって、被害者の住居は、玉川二丁目だろう？　鑑だって玉川のほうが濃いじゃないか」

そういうことか。

倉島は納得した。

世田谷区鎌田一丁目は、成城署の管轄。そして、玉川二丁目は玉川署の管轄だ。所轄署にとって、特捜本部を設置するのは大事だ。帳場が一つ立てば、その年の忘年会の費用がすべて吹っ飛ぶとも言われている。できれば、特捜本部など作りたくはない。

要するに成城署の連中は、ババを引いたと思っているのだ。

これは、なかなか面倒な事案になりそうだ。

倉島は、そんなことを思っていた。

6

月曜日の朝に、成城署の特別捜査本部が正式に立ち上がった。すでに、昨夜のうちにおおよその情報の共有はできている。今日の会議は、幹部に対する報告が主だ。

最初の捜査会議なので、刑事部長が出席していた。田端課長の姿もある。二人とも、赤坂署の特捜本部と掛け持ちだ。

その他に、組織犯罪対策部組織犯罪対策第四課の課長が来ていた。殺害されたのが、マルBなので、この事案はひょっとしたら、組対四課の課長が仕切ることになるかもしれないと、倉島は考えていた。

組対四課の課長は、峰孝一郎《みねこういちろう》。四十五歳の警視だ。峰課長は、刑事の経験が長く、捜査感覚にも優れているという評判だった。

がっしりとした体格をしている。剣道や柔道などの術科が得意そうだ。

峰課長は、管理官を一人連れてきていた。石橋という名の管理官だ。この二人が成城署の特捜本部を仕切ると見て、まず間違いない。

会議では、幹部に対する報告が続いていた。

被害者の名前は、野田誠司《のだせいじ》。年齢は、四十二歳。

野田誠司は、坂東連合多田山組《ばんどうれんごうただやまぐみ》の幹部だった。多田山組は、ロシアとの密貿易を資金源の一部にしている。

主な品目は蟹だ。毛蟹やタラバ蟹は、大きな需要がある。

また、中古車の輸出にも関与していた。多田山組が扱う中古車の中には、盗難車も含まれていると見られていたが、まだ証拠をつかめずにいた。

そのうちに、ロシアへの中古車の輸出に、大きな障害が生じた。三十パーセントという法外な関税だ。

ロシア政府は、国内の自動車産業を保護するために関税を引き上げると発表した。ロシアへの中古車の輸出は激減した。

ラーダなどのロシア製の新車よりも、日本の中古車のほうが高いという珍現象が生まれた。

ロシアの国民がこの政策を支持したかといえば、決してそうではない。なにしろ、ロシア製の自動車は、国民にはえらく評判が悪い。ソ連時代は、国産車が主に使用されていたが、ロシアになって、海外から輸入車が入ってくると、もうロシア製の車は見向きもされなくなった。

特に日本車の評判はよかった。一度、日本車の優秀さと快適さを知ってしまったら、もうロシア製の車に戻ることは、なかなかできないのだ。

だが、政府はロシア製の車を国民に押しつけようとしている。中古車輸入の拠点だったウラジオストクなどでは、連日関税に反対するデモが行われた。

与党は、それに対して、政府の方針を支持する集会を計画した。

ともあれ、ロシアへの中古車の輸出は大打撃を受け、多田山組も火の車だったという話だ。

倉島が強く興味を引かれたのは、殺害の手口だった。

野田誠司は、背後から心臓を一突きされていた。それが致命傷だ。他に傷はないという。肋骨の間に刃物を滑り込ませるようにして突き刺したのだ。

詳しい検視の結果を待たなくてはならないが、おそらく凶器は、赤坂署の件と同一だろう。

つまり、犯人が同一である可能性が高い。連続殺人だ。

今のところ目撃情報はまったくなかった。これも、赤坂署の事案と同じだ。

報告が終わると、班分けが発表された。すでに昨日の段階で、班分けなどの細かな作業は終わっている。

「おまえさん、赤坂にもいたな」

田端課長が、倉島のほうを見て言った。倉島は、即座に起立した。

「はい。上の指示で赤坂署の特捜本部に参加しておりました」

「そうか……。こっちの被害者も何か公安の事案と関係しているのか？」

「わかりません。こちらの様子を見てこいというのも、上からの指示ですので……。多田山組がロシアとの関わりが深いので、そのせいかもしれません」

田端課長がどこか疑わしげな眼を倉島に向けた。別に怪しんでいるわけではないだろう。ただ何事かを思案しているだけかもしれない。

「たしか、蟹と中古車だったな……」

「はい」

「多田山組とロシアの間で、何かトラブルがあったのか？」

「そういう話は聞いておりませんが……」

田端課長は、峰課長のほうを見た。

「組対四課じゃどうだ？」

峰課長は、かぶりを振った。

「聞いてないね。……だが、ロシアのバブルも崩壊して、多田山組の稼ぎもかなり厳しくなっていたようだな」

「手口が似ていると思うんだが……」

田端課長が言った。「検視や鑑識の詳しい報告を待たなきゃならないが、こっちの手口は一突きだろう。赤坂の事案も、たった二ヵ所。それで確実に仕留めている……」

倉島は、着席するタイミングを逸して立ったままだった。田端課長がそれに気づいて言った。

「外事一課じゃ何かつかんでないのかい？」

「何かつかむも何も……」

倉島は言った。「自分にはさっぱり訳がわかりませんよ」

「何か情報があれば、おおいに助かるんだがな」

「努力して情報収集してみます。何かわかったら、すぐに報告します」

「そうしてくれ」

信頼しているとは言い難い眼差しだった。刑事は、公安を信用していない。それは仕方のないことなのだ。

ともあれ、倉島はようやく着席することができた。

田端課長と刑事部長の間で、小声の短いやり取りがあった。その後、刑事部長が捜査員一同に言った。

「それでは、それぞれ持ち場に向かってくれ。場合によっては、赤坂署との連携もあり得る。追って指示する。以上だ」

刑事部長が立ち上がると、捜査員たちは一斉に起立した。部長が退出するのを見送ると、捜査員たちはそれぞれの持ち場に散っていった。

倉島は、赤坂署に向かった。成城署の特捜本部は、あくまでも様子を見に行けと言われただけだ。今でも、赤坂署の特捜本部の予備班に組み込まれていることに変わりはないのだ。

本部には、公安三課の四人の姿があった。倉島が入っていくと、すぐに須賀係長が近づいてきた。

「成城署に行っていたと聞いたが……」

誰から聞いたかは、尋ねないことにした。

「行ってきました」

「マルBが殺された件だな?」

「そうです。被害者の名は野田誠司。多田山組の幹部です」

「外事一課と何か関係があるのか?」

「多田山組は、ロシアとの密貿易や中古車の輸出に関与することで資金を得ていました」

「それで、その野田というマルBは、ロシアとのトラブルか何か抱えていたのか?」

「それはまだわかりません」

「ロシア側では何か動きはないのか?」

「何もわかりませんよ。ロシア側といっても、民間の経済活動については、外事一課はタッチしませんからね」

「そんなはずはないだろう。民間の会社の中にもスパイはいるんだろう？　ロシアというのは、いまだにそういう国だと聞いているぞ」

倉島は、曖昧に首を傾げた。須賀係長の言うことは、あながち間違いとはいえない。ロシアの媒体のジャーナリストの多くはスパイだと思ったほうがいい。

主に経済スパイが多いのだが、米軍や中国についての情報を日本国内で探ろうとするスパイもいる。

だが、ここで須賀にそういう実情を説明する必要などない。倉島は話題を変えることにした。

「手口が気になりました。背後から心臓を一突きです」

須賀は、たちまち興味を覚えた様子だった。

「つまり、こっちの手口に似ているというわけか？」

「検視や鑑識の詳しい報告がまだなので、うかつなことは言えませんが、自分は同一犯人の可能性は高いと思いますね」

「目星はついていないのか？」

「犯人のですか？」

倉島は驚いて見せた。「まさか……。自分は、事件とロシアとの関わりについて調べているだけですから……」

「手口が気になっているんだろう」

「二件の殺人事件の手口が似ている。捜査員として気になるのは当たり前でしょう」

「お互い公安なんだ。腹の探り合いはやめよう」

半人前の捜査員が、係長から言われる言葉ではないと、倉島は思った。本気で恐縮してしまった。

「自分は、本当にまだ何も知らないのです」

「二件のコロシの実行犯はプロだ。同一犯人かもしれない。プロの殺し屋というのは、日本ではなかなか考えにくいが、海外では珍しい存在ではない。ロシアにもかなりの数、いるんだろう？あんたは、その一人と渡り合ったことがあるはずだ」

「ええ、かつて、暗殺者として入国したロシア人を検挙しようとしたことがありました」

「そいつがまたやってきたとは考えないのか？　だからこそ、警察庁の警備企画課は、あんたを名指しで、この特捜本部に送り込んで来たんじゃないのか？」

倉島は驚いた。

今まで、一度もその可能性について考えたことがなかった。倉島が戦った暗殺者の名前は、ヴィクトル・タケオビッチ・オキタ。

日本人男性とロシア人女性の間に生まれた。かつてKGBの特殊部隊の一つ、グループ・ヴィンペルに所属していた。

グループ・ヴィンペルは、KGBの第一総局に置かれていて、情報戦と破壊工作が任務だった。プロ中のプロだ。ヴィクトルとの戦いは、まさに悪夢だった。

須賀が言うとおり、もしヴィクトルが犯人だとしたら、警備企画課が倉島を指名してきたことには納得がいく。日本では、倉島は誰よりもヴィクトルのことを知っている。

だが、それはあり得ないような気がした。

もし、ヴィクトルが入国していたら、必ず倉島の情報網にひっかかるはずだ。

彼は、外事一課全体にとって超Ａ級の要注意人物なのだ。どんなに身分を偽って入国しても、どこかに痕跡が残っているはずだ。

「ヴィクトルではないですね」

倉島は、須賀に言った。

「そのテロリストは、ヴィクトルというのか」

「もう、テロリストではないと思います。彼は安住の地を求めていました」

「一度手を染めたら、二度と解放されない。それがロシアの情報機関なんだろう？」

「それはスパイの話です。ヴィクトルは、スパイではありません」

須賀はかすかにうなずいた。

「まあ、あんたが言うのだから、そうなのだろうな。いいか、隠し事はなしだぞ」

「わかっています」

人を疑っているうちに、誰も信じられなくなっていく。公安の捜査員はそうなりやすい。気をつけなければな、と倉島は思った。


赤坂署の特捜本部では、午後八時から捜査会議が始まる。成城署のほうでも同様のはずだ。

倉島は、成城署の捜査会議に出席することにした。おそらく、高木英行殺害についての捜査は、あまり進展が見られないはずだ。それなら、成城署のほうに情報を求めたほうがいい。

成城署の特捜本部には、戒名も掲げられ、態勢がすっかり整っていた。戒名というのは、特捜本部や捜査本部の名前だ。今回は、「組員殺人事件特別捜査本部」と書かれていた。

どこの署にも必ず一人は、書道の達人がいる。戒名はそういう人間が書く。

本部の前には記者たちが集まっていた。彼らは、捜査員が通るたびに、無駄と知りつつも質問を浴びせるのだ。

倉島が特捜本部に入っていこうとすると、やはり質問が飛んできた。

「何か進展はありましたか？」

「やはり抗争事件ですか？」

「犯人は対立組織の組員ですか？」

記者たちが、この程度の質問をしている間は、捜査員は安心していられる。質問が核心から外れている。

倉島は、記者たちと眼を合わせないようにして、講堂に入っていった。すでに大半の捜査員が上がってきていた。

隣に座った同僚と、しきりに何事か話し合っている者がいる。メモしてきたルーズリーフのノートを真剣に見つめている者もいる。

ぼんやりと宙を睨んでいる者もいる。おそらく、何か考え事をしているのだろう。

ひな壇に、刑事部長と田端捜査一課長の姿がない。やはり、組対四課の峰課長が、この特捜本部の責任者となったようだ。

同じ組対四課の石橋管理官が捜査会議の開始を告げた。

「まずは、検視の報告だ」

石橋が書類を見て言う。「刺創は一ヵ所だけ。抵抗した様子もない。その刺創は、背後から入り、六番目と七番目の肋骨の間を通って、心臓に達していた。鋭利な刃物で、おそらくは両刃。刃渡りは最低でも十五センチはあるということだ。その傷が致命傷だ。死亡推定時刻は、十二月十三日土曜日の深夜二十三時から、明けて午前一時の間……」

石橋管理官は、続けて言った。「なお、この凶器に関しては、赤坂署の特捜本部で捜査している事案と共通点が多いと思われる。もしかしたら、同一の凶器かもしれない。現在、両方の検視報告を詳しく突き合わせているところだ。じきに、結果が出るだろう」

やはりな……。

倉島は思った。

同じナイフのはずだ。

おそらくはダガーナイフだと倉島は考えていた。

「次に鑑識の報告。これも書類に詳しく書いてあるので、読んでくれ。重要な点をいくつか指摘しておく。遺体が発見されたのは、多摩川の河川敷にある二子橋公園内で、芝生の上だったため、足跡が取れていない。また、周囲の様子からも、検視の報告同様、争った形跡はないことがわかっている。遺留品もなし。現場に残っていたのは、すべて被害者のものだった」

背後から忍び寄り、口をおさえて背中から一突き。特殊部隊が、敵陣に侵入するときにやる方法と同じだ。

証拠を残していないことが、プロであることを如実に物語っている。

「さて、聞き込みの報告を聞こうか」

石橋管理官が言った。「まずは、地取り班。目撃情報などは……？」

捜査一課の、見るからにベテラン捜査員という刑事が立ち上がり、言った。

「今のところ、目撃情報はありません。第一発見者は、鎌田三丁目の住人で、早朝犬の散歩に出かけて遺体を見つけました。第一発見者と、被害者の間には何の関係もありません。それは確認が取れています」

「つまり……」

峰課長が言った。「何の手がかりもないということか……」

赤坂のときと同様に、目撃情報は得られないだろうと、倉島は思った。犯人は、注意深く行動し、犯行はおそらく一瞬だった。異変に気づいた者などいなかったに違いない。

報告していたベテラン捜査員が言った。

「ま、そういうことですが……。でも、どうも妙だと思うんですよね……」

峰課長が、その捜査員の顔をしげしげと見た。

「何が妙なんだ？」

「死亡推定時刻、夜中の十一時から一時の間でしょう？　そんな時間に、河川敷の公園に何しに行ったんでしょうね」

峰課長は、石橋管理官に確認した。

「発見されたときの服装は？」

「スウェットの上下にダウンのジャケットを着ていました」

峰課長は考え込んだ。

「散歩に出かけるような服装だな……」

ベテラン捜査員は立ったまま言った。

「真夜中に散歩ですか？」

「君はどう思うんだ？」

「自宅でくつろいでいるところを、誰かに呼び出された。そう考えるのが自然だと思いますね」

峰課長は再び、石橋管理官に尋ねた。

「ケータイや自宅の電話の着信履歴は、ちゃんと調べているんだろうな？　その中に呼び出したやつの番号があるかもしれない」

「やっています」

峰課長は満足げにうなずいてから、まだ立っているベテラン捜査員に言った。

「まだ何かあるか？」

「いいえ」

「よろしい。次は……？」

地取り班のベテラン捜査員は、ほっとした顔で着席した。

鑑取り班の捜査員が立ち上がった。こちらも、捜査一課の係員だ。

特に、被害者が組員ということで、多田山組と対立している組織や、トラブルがあった組織について調べていた。

だが、多田山組は、現在どこの組織とも抗争事件を起こしてはいないということだった。ロシア経済の景気後退とともに、多田山組の収入も激減していたようだが、それでも特定の組織とトラブルがあったという情報はなかった。

さて、これからどう動いたものかな……。

倉島は思案した。

やはり、待つしかないか。

コソラポフは、当然事件のことを知っているだろうし、もしかしたら殺害された野田誠司のことを知っていたかもしれない。

少なくとも、多田山組のことは知っているはずだ。手口のことにも気づいているに違いない。

一度会って話をしたことで、倉島のことは無視できないし、向こうも情報を求めているだろう。

待っていれば、必ず、向こうから連絡してくるはずだと思った。

じっと待つことも、公安捜査員の大切な仕事の一つなのだ。

成城署を出て帰宅することにした。公安の捜査員が捜査本部にずっと詰めていてもやることはない。

こういう態度も、刑事たちの気にくわないのだということはよくわかっていた。特捜本部や捜査本部ができると、刑事たちは歯車に徹する。

歯車という言い方が悪ければ、将棋の駒だ。自分たちの意思や都合よりも、本部の方針を優先する。

7

当然、私生活は犠牲にして、二十四時間捜査本部に詰めることになる。まさに滅私奉公だ。それと比較すると、公安三課や倉島の態度は、ずいぶん自分勝手に映るだろう。

だが、公安には公安の仕事があるのだ。

暖冬と言われているが、ずいぶんと冷え込んできた。成城署を出ると、思わず身震いをした。

どこかで一杯やりたいと思ったが、さすがに特捜本部に詰めている刑事たちの手前、それは控えることにした。

最寄りの小田急線千歳船橋の駅に向かっていると、胸ポケットの携帯電話が振動した。

倉島は一瞬にして緊張した。

この携帯電話の番号を知っている者は少ない。

見覚えのない番号だった。

「はい、倉島」

すぐには返事がなかった。倉島は、もう一度言った。

「倉島ですが……」

「私に会いたいそうだな」

甲高いが嗄《しやが》れている、奇妙な声が聞こえてきた。

相手が誰かすぐにわかった。

「大木先生ですか？」

「すぐに来られるか？」

「はい」

こういう場合、自分の都合など考えている暇はない。

電話が切れた。

大木天声の大日本報声社の所在地は、頭に入っている。連絡があったら、すぐに駆けつける心の準備はできていた。

倉島はタクシーを拾った。


大日本報声社の所在地は、渋谷二丁目だ。六本木通りに面している。青山学院初等部の近くのマンションの一室だ。渋谷警察署の眼と鼻の先だ。

さすがに大物だ。警察のことなど眼中にないのかもしれない。

右翼団体といっても、正式な構成員は大木天声一人だけだ。あとは弟子と称する若者が何人かいるらしい。かつて、高橋良一もその一人だった。

八階建ての古いマンションだ。その最上階に、大日本報声社がある。マンションはすぐに見つかった。駐車場にあるマイクロバスの街宣車が目印だ。

もっとも、大木天声は、街宣活動はやらない。街を流すというより、街角の演説で使用する車両だ。

インターホンのボタンを押すと、部屋の中でチャイムが鳴るのが聞こえた。

「どちら様でしょう？」

若い男の声が聞こえた。

「倉島といいます。先生からお電話をいただきました」

「少々お待ちください」

大木天声に確認を取っているのだろう。しばらく待たされた。やがて、解錠する音が聞こえて、金属製のドアが開いた。

「どうぞ、お入りください」

坊主刈りの若者が言った。暗い眼をしている。痩せており、顔色が悪い。どこか思い詰めたような顔をしていた。

間取りは、2DKだった。オフィス兼自宅のようだ。大木天声は、ここで生活しているのだ。おびただしい書物に埋もれた机が二つあった。片方の机には、古いパソコンと電話が置かれている。パソコンは、煙草のヤニで黄色っぽく変色していた。

もう片方の机の上にも、さまざまな書物が積まれている。わずかな隙間に原稿用紙があった。

その原稿用紙に向かっていた男が、倉島のほうを向いた。大木天声だ。

小柄だが、異様なほどの迫力を感じる。額が突き出ていて、顔の半分が額のような印象がある。髪は、ほとんど白髪だ。

人相は写真等で知っていた。だが、実際に会ってみると、圧倒されそうだった。突き出た額の下の眼光が鋭い。

「良一から話を聞いた。高英逸《コヨンイル》が殺された件を調べているのだな?」

「そうです」

「あれは、くだらん男だった。日本人でもないのに、民族派の振りをして、金儲けをしていた」

「ロシア大使館から金をもらっていたかもしれません」

「誰が誰から金をもらおうと、興味ない」

「高と直接お会いになったことは……?」

大木天声が、高木のことを高英逸と呼んでいるので、この場ではそれに従うことにした。

「ある。だが、話をしたことはない」

「どこで会われたのですか?」

「そんな質問にこたえる気はない。今日は、おまえがどんな男なのかを見るために呼んだ」

「はあ……」

文句は言えない。

なにしろ、大木天声と直接会って話をした警察官は少ない。今日は、顔つなぎと思えばいい。

だが、次にまた話ができる機会があるかどうかはわからない。どんなことでもいいから、情報を持って帰りたかった。

「ヴィクトルを知っているそうだな」

「はい」

大木天声は、しばらく無言で倉島を見つめていた。倉島は、落ち着かない気分になった。

ふと、天声の脇に白鞘《しらさや》の日本刀が立てかけてあるのが眼に入った。天声は、倉島の視線に気づいた様子で、かすかにほほえんだ。

「これは、単なる美術品だ。気にすることはない」

「そうですか……」

「ヴィクトルと知り合ったのは、一九八七年のことだ。彼は、山田勝と名乗っていた。やつは当時、KGBのスパイだった」

「はい」

「おまえは、公安の外事一課にいるそうだな？」

「そうです」

「おまえらがしっかりせんから、ああいう男が日本国内でのさばることになる」

「申し訳ありません」

「高は、少なくともスパイなどではなかった。あいつは、ただのチンピラだ。ヤクザでシノぐ器量がなくて、政治結社に入った。ロシア大使館から金をもらっていたかもしれないと言ったな？」

「その可能性はあります。ロシア大使館周辺で街宣活動をやっていたようですし、北方領土問題にも首を突っ込んでいたようです」

「ロシアは、社会主義国ではなくなった。だが、それは表面上のことで、巨大エネルギー産業やマスコミはどんどん国の管理下に置かれている。反政府的なジャーナリストが政府によって暗殺されている。あんな国は、民主国家とはいえない」

多少言い過ぎの感がある。ジャーナリストが何人か暗殺されたが、それが政府によるものかどうか、明らかにされたわけではない。

だが、大筋では大木天声の言うとおりだと、倉島も思う。知れば知るほど嫌いになる国。それがロシアだ。そして、プーチン政権以来、ロシアは反動路線をひた走っているのだ。

「そんな国から金をもらっていたというのなら、高など殺されても当然だ」

「誰に殺されたか、心当たりがおありですか？」

天声は、ぎろりと倉島を睨んだ。背筋が寒くなった。

「そっちの質問にこたえる気はないと言っただろう。おまえは、高とロシアの関係を詳しく調べればいい。さあ、もう帰っていいぞ」

ここで、あっさりと引き下がるわけにはいかない。

「野田誠司という男が殺されました。多田山組の幹部でした」

「知っている。それがどうした？」

「多田山組は、ロシアとの密貿易や中古車の輸出の仲介などを資金源にしていました」

「それが何だ？」

「高英逸と野田誠司を殺した犯人は、おそらく同一人物です。いずれも、ナイフによる殺害で、プロの手口でした」

天声は、再び倉島を睨んだ。思わず眼をそらしたくなったが、倉島はこらえて見返していた。

やがて、天声は言った。

「ふん。殺したのはロシア人だと言いたいのか？」

「それはわかりません。ロシアと関わりの深い二人が、プロの手によって殺されたという事実があるだけです」

「調べろ」

天声が言った。「詳しく調べるんだ。そうしたら、また話を聞いてやってもいい」

興味を覚えたということだ。

そして、大木天声という男は、興味を覚えたことについては、徹底的に調べるといわれている。

彼の情報網は多岐にわたっている。警察がなかなか接触できないような、裏社会の大物にも多くの伝手《つて》を持っている。

ある程度の情報を与えてもいいと、倉島は思った。それが呼び水となって、天声から情報の奔流を導き出せるかもしれない。

「わかりました」

天声との最初の会談が終わった。

渋谷の街に出た。大日本報声社をあとにしてから、どこをどう歩いたか覚えていない。意識していなかったが、天声の前でおそろしく緊張していたのだ。

その緊張から解放された瞬間から、呆けたような状態になっていた。気がついたら、センター街にいた。

時計を見た。すでに午後十時半になっていた。まだ食事をしていない。そう思ったとたんに、急に腹が減ってきた。

警察官は、多忙なので食事をおろそかにしがちだと思われているようだ。たしかに、交番勤務などの場合は、店屋物が多くなる。

だが、刑事などは食事を大切にする傾向が強い。外食が多くなるので、舌が肥えるのだという者もいる。他に楽しみがないから、せめて食事を大切にするのだという者もいる。

公安の捜査官は、刑事以上に食にうるさいといわれている。情報源を確保するために、一流のレストランに出入りすることも少なくない。

倉島も、食事は大切にするほうだ。一人きりの食事だからといって、ラーメンで済ませる気にはなれない。

センター街をまっすぐ進んで、東急百貨店本店の手前にあるステーキハウスに入った。たっぷりの野菜とともに、サーロインステーキを食べた。天声と会ったことで、今日は酒を解禁にした。グラスワインを二杯だけだ。

食事をしながら、考えた。

天声は、どうして倉島と会う気になったのだろう。

高橋良一を信頼しているからだろう。彼の紹介だから会ってみようと思ったのかもしれない。

倉島がヴィクトルのことを知っているという点も大きいだろう。天声は、ヴィクトルを買っている。

ヴィクトルは、スパイとして天声に近づいた。天声もそのことはすでに知っている。おそらくそれを知ったときは、激怒しただろう。だが、それでも天声はヴィクトルを認めているのだ。あるいは、高木英行や野田誠司が殺されたことで、何か心当たりがあるのかもしれない。そして、天声も、公安の捜査官である倉島から情報を引き出したいのだろう。

それならば、その取引に乗ってやろう。

倉島はそう思った。

食事を終えて、気分がすっかり落ち着くと、高橋良一に礼の電話をしておこうと思った。

渋谷は、公衆電話が比較的多い街だ。だが、それらはデパートに集中しており、営業時間帯しか使えない。

倉島は、ハチ公前広場まで行って公衆電話を見つけ、高橋良一の携帯電話にかけた。

呼び出し音三回で出た。

「はい」

用心深い声が聞こえる。

「倉島だ」

「ああ、やっぱり……。これ、公衆電話ですね?」

「そうだ。今日、先生から電話をいただいて、お会いしてきた」

もし、そばで誰かが聞いていたとしても、話の内容を悟られないように、なるべく具体的な名前を出さない。いつの間にか、それが習慣になっている。

「そうですか。それはよかった」

「一言、礼を言いたくてな」

「それは、ご丁寧に……。お役に立ててよかった」

「先生は、興味を持たれたようだった」

しばらく間があった。

「野田誠司が殺されましたね」

「あいつを知っていたのか？」

「直接の関わりはありませんが、稼業の上で何かと知り合う機会はあるもので……」

ヤクザは義理事が多い。葬儀などで顔見知りになることがあるのだろう。

高橋の声が続いた。

「野田のいた多田山組は、ロシアとの関わりをシノギにしていました」

「それは知っている」

「高木英行が殺されたことと無関係ではないのですね？」

「わからないんだ。ただ、二つの手口はよく似ている」

この程度のことは、明日の新聞で報じられるはずだ。だから、しゃべっても問題ないだろうと、倉島は判断した。

「ロシア大使館や、ロシア人が、二件の殺人に関与しているということですか？」

「その可能性は否定できないな」

「奥歯にものがはさまったような言い方ですね」

「本当にわからないんだ」

「まあ、ロシアが無関係だとしたら、あなたが捜査をしているはずがない。そう考えさせてもらいますよ」

「それも否定できない」

「このところ、多田山組のシノギはうまくいっていませんでした。ロシアの景気が悪くなったせいだと言われています」

「そうらしいな」

「私らの世界は、シノギがきつくなっても、上に納めるものは納めなけりゃならんのです。どういうことかわかりますか？」

「よくわからない」

「無理をしてでも金を作らなきゃならないということです」

「なるほど……」

殺された野田誠司が、無茶な方法で金を作ろうとしていたということだろうか。それは調べてみる価値がある。

ヤクザが無理をして金を作るということは、非合法なことか、危険なことである可能性が高い。それが殺された理由に結びつくかもしれない。

倉島は言った。

「もう一度、礼を言う」

「恐れ入ります」

電話を切った。

8

火曜日の朝は、成城署に出勤した。朝の捜査会議に出席する。捜査の進展は、それほど見られなかった。被害者の交友関係が次第に詳しく洗い出されていき、ホワイトボードに張り出される写真とその関係を示す線が増えていく。

依然として、有力な目撃情報はなかった。

赤坂署のほうでも同様だろう。

だが、高木英行殺害と、野田誠司殺害の凶器が同一であると断定された。これは、捜査の一歩前進といえる。

捜査会議が終わると、倉島は組対四課の石橋という管理官に近づいた。

「ちょっとよろしいですか?」

平の捜査員のほうから、管理官に声をかけるというのは、滅多にないことだ。石橋管理官は驚いた顔で、倉島を見た。

「君はたしか公安だったな」

「外事一課の倉島と言います」

「何だ?」

「ちょっと、気になる話を聞いたのですが、マルB絡みなんで、お耳に入れておいたほうがいいと思いまして……」

ここで突っぱねる管理官もいる。

一捜査員が何を出過ぎたことを、と考えるのだ。管理官というのは、典型的な中間管理職だ。課長や理事官の下で、係長の上。権限はあまりないが、やたらに忙しい。つい、下の者に当たりたくなるのだ。

もし、石橋がそういうタイプなら、組対四課の別の捜査員を探そうと思った。マルBの情報は、組対四課に調べさせるに限る。餅は餅屋だ。

「話を聞こう」

石橋管理官が言った。口調は多少高圧的だが、話がわからない男ではなさそうだ。

「あるマルBの話だと、多田山組のシノギがきついので、野田は無理をして金を作ろうとしていたかもしれないというのです」

「無理をして……？　それは具体的にはどういうことだ？」

「わかりません」

「君は外事一課と言ったな？　担当はロシアか？」

「そうです」

「では、そちらから調べてみたらどうだ？　ロシア人と揉め事を起こしたのかもしれない」

「もちろん調べてみます。先ほども申しましたが、マルBのことなので、お耳に入れておいたほうがいいと思ったのです」

「わかった」

石橋管理官の表情が和らいだ。仁義を通したので、機嫌がよくなったのかもしれない。「誰かに調べさせよう。ごくろうだった」

倉島は、礼をして石橋管理官のもとを離れた。

石橋管理官が言ったとおり、野田が無理やりに金を作ろうとして、ロシア人と揉めた可能性はある。

特に、ロシアンマフィアと揉めたら命はない。ロシアンマフィアなら、プロを雇うことも考えられる。

プーチンの政策でマフィアは弱体化した。一時期は、モスクワを中心に、マフィアがレストランチェーンやカジノ、ショッピングモールなどを経営していた。

そこである程度の資本の蓄積ができれば、ロシアはうまく市場経済に移行できたかもしれない。資本を蓄えたマフィアは、社会的な地位を手に入れて、非合法な活動の割合を減らしていく。

マフィアはメディアにも進出したが、それは政治的な目的ではなく、純粋にマスメディアが金になるからだ。従って、放送の内容に関しては口出ししなかった。

プーチンは、それを許さなかった。相対的に政府の権力が弱体化することが我慢ならなかったのだ。プーチンは次々と改革を行った。

その頃ロシア人は、プーチンの政策を、「ガラス細工の店の中を象が歩いている」と評していた。そして、石油と天然ガスによるバブルがやってくる。

プーチンは、マスメディアとエネルギー産業を政府の管理下に置いていった。言論は統制され、基幹産業が政府に握られた。ソ連時代の悪夢がよみがえったのだが、バブルに沸くロシア国民は、それについてはあまり批判しなかった。

民衆というのは、腹が満たされれば文句は言わない。

ユーモアたっぷりの演説をするプーチンは人気者ですらあったのだ。

モスクワですべてを奪われたマフィアは、極東などに落ち延びる。資本をなくした彼らは、かつてよりも非合法化の度合いを強めた。

彼らは金のためなら何でもやるようになった。そして、今日に至っている。ロシアの石油バブルもはじけた。これから、あの国がどうなっていくか、誰にもわからない。

ただ一つ言えるのは、あの国を民主的な先進国だと思っていたら痛い目にあうということだと、倉島は考えていた。

倉島は、特捜本部を出て最寄り駅の小田急線千歳船橋駅から各駅停車に乗り、隣の経堂までやってきた。このあたりでは、経堂の駅の周辺に公衆電話が集中しているのだ。理由は倉島にもよくわからない。

経堂大橋交差点のそばにある公衆電話を使った。

「はい……」

女性の声が聞こえる。

「タチアナ？　倉島ですが……」

「あら、倉島さん。そろそろ電話が来るころだと思っていたわ」

「なぜです？」

「大使館のコソラポフに会ったでしょう？」

「そんな話をしてだいじょうぶなんですか？」

「ケータイはだいじょうぶよ。オフィスの電話はすべてチェックされているけどね」

「食事でもしませんか?」

「ランチなら……」

「オーケイです。では、レストランを予約しておきます」

「中華にして」

「わかりました」

倉島は、高輪のホテルの中華レストランの名前を言った。「十二時で予約を入れておきます」

タチアナ・アデリーナは、在日ロシア連邦通商代表部に勤めている。

この長たらしい名前の組織は、ロシアの在外公館の一つだ。高輪四丁目にある。主管する省庁は、経済発展貿易省で、設立は一九五七年だ。ソ連時代には、貿易実務全体を管理していたが、今では、経済交流のための制度の整備が主な業務とされている。

要するに、投資してくれる企業を探すということだ。

日本の企業にロシアの魅力をアピールしなければならないし、責任者の、通商代表部主席が、親日家ということもあり、現在では比較的開かれた雰囲気となっている。

だが、タチアナが言ったように、すべての電話は当局のチェックを受けていると考えなければならない。

倉島がタチアナと知り合ったのは、一年ほど前のことだ。倉島は常に、ロシア人のチャンネルを求めている。

警察では情報源のことをハト、協力者のことをタマなどという隠語で呼ぶが、倉島はそういう言葉を使わないようにしていた。

外国人が協力者の場合、隠語の意味を勘ぐられたりすることがあるのだ。

大使館員と知り合いたかったら、狸穴あたりの飲み屋で、通商代表部の職員と知り合いたかったら、品川や高輪のホテルのバーで張れと言われている。

倉島はそれを実行に移した。高輪のホテルのバーで一人で飲んでいると、タチアナがやってきた。お互いに一人だったので、声をかけるのは簡単だった。

倉島とタチアナはすぐに打ち解けた。異性のスパイや協力者を獲得する場合、多くはセックスが絡むと思われがちだが、そうした先入観はもしかしたら、映画の００７シリーズの影響かもしれない。

もちろん、そういう場合も少なくはないが、それは短期間の、あるいは一度だけのミッションの場合が多い。女性と長く親しい関係を築こうと思ったら、性的な接触は避けたほうがいい。

倉島は、知り合ってほどなく、自分が警察官であることを告げた。それでタチアナが離れていけばそれまでのことだ。また新たな人材を見つければいい。だが、幸いなことに、タチアナは興味を示した。

国の利益に反しない限りにおいて、協力してくれると言ってくれた。その代わり、ときには交通課に掛け合って、駐車違反をもみ消すなどの便宜をはかってやることもある。

タチアナは、今年三十一歳になる。三十歳を過ぎるとロシア人女性は太りはじめるというのが定説だが、モスクワなどの都会では必ずしもそうではない。

タチアナも、ほっそりした体型を保っていた。砂色の髪をショートカットにしている。眼は青みがかった灰色だ。

ホテルの中華レストランを食事の場所に選んだのは、別に見栄を張ったわけではない。個室が用意できることを知っていたのだ。会話の内容を他人には聞かれたくない。

公衆電話で予約を取り、赤坂署に向かった。こう行ったり来たりでは慌ただしくて仕方がない。両方の事案が連続殺人であることを、早く認めて、合同捜査本部にするなり、連携を密にするなりしてくれないと、時間を無駄にするばかりだ。

赤坂署に着いたのは、午前十時過ぎだった。公安三課の井上がいたので、尋ねた。

「何か進展は？」

「特になし。どこに行っていた？」

「成城署だ。係長に様子を見てこいと言われていてな」

「二件の殺人は手口が同一。しかも、凶器が一致したそうだな」

倉島がうなずいた。

今度は、井上のほうから質問してきた。

「被害者の一人は行動右翼で、ロシア大使館周辺で街宣活動をさかんにやっていた。北方領土問題にも関心を示していた。もう一人は、マルBで、ロシアとの密貿易などで稼いでいた。ロシアは、この二件の殺人に、どう絡んでいるんだ？」

「わからない。まだ情報が集まっていない」

「隠し事はなしだぞ。同じ公安じゃないか」

「おたくの係長にも同じことを言われたよ。そっちこそ、何か情報はないのか？」

「ロシア大使館からの金の流れの話、しただろう。その先は、そっちの仕事だろう」

「種はまいてあるよ」

そのとき、苛立たしげな声が聞こえた。

「何をこそこそしゃべってるんだ」

自分たちに向けられた言葉だとは思いもしなかった。言葉はさらに続いた。

「おまえら、公安は何のためにここに来てるんだ?」

それでようやく倉島は、自分たちのことだと気づいた。声のほうを向いた。

三人の捜査員がこちらを見ていた。捜査一課の捜査員だ。声をかけてきたのは、四十代前半の捜査員だ。いかにも警察官らしい風貌をしている。

きちんと整髪しており、背広を着ている。眼がするどく、日焼けしていた。たしか、遠藤という名の、警部補だ。

彼の両脇にいる捜査員はまだ若い。彼らも、親しみとは程遠い眼差しを、倉島と井上のほうに向けていた。

倉島は言った。

「別にこそこそしているつもりはありませんよ」

「どうして殺人事件の捜査に、公安が来ているんだ、と訊いてるんだ」

井上が言った。

「あんた、捜査会議で何を聞いているんだ。被害者は行動右翼の幹部だ。俺たち公安三課は、右翼の専門家だ。だから、手伝いに来ているんじゃないか」

倉島は、かぶりを振りたい気分だった。

刑事たちは、公安の捜査官を胡散《うさん》臭く思っている。有り体に言うと、大嫌いなのだ。刑事に対してこの言い方はない。火に油を注ぐようなものだ。

案の定、たちまち遠藤の顔が赤くなった。

「なんだと？　おまえらの手伝いなんていらないんだ。第一、公安は何か知っていても公にしようとしないじゃないか。おまえら、むしろ捜査の邪魔なんだよ」

「あんたらに、事件の背後関係が追えるのか？　右翼にどれだけのコネクションがあるんだ？ロシア大使館にどれだけのチャンネルを持ってるんだ？」

「背後関係なんて、どうでもいい。ホシを上げればいいんだ。ホシを叩けば、事情はわかる」

「ふん、被疑者の身柄を拘束すれば、何でもしゃべってもらえると思っているんだな。常に送検のことだけを考えていればいい刑事は気楽なもんだ」

おそらく、遠藤は井上より、六、七歳は年上だ。まさか、年下の捜査員にこんな口のきき方をされるとは思ってもいなかったようだ。

若い公安の捜査官に厭味の一つも言って、それで終わりにするつもりだったに違いない。だが、井上がそれでは済まなくしてしまった。

井上の態度は、公安捜査官の刑事に対する一般的な評価を表している。つまり、一段低く見ているのだ。

相手の年齢が多少上でも関係ない。扱っている事案の性格が違うし、出世のスピードも違う。遠藤もそれを感じ取ったはずだ。後に退けない。

「なんだかんだともったいぶりやがって。おまえらに、殺人の捜査のことがわかってたまるか」

「そう。はっきり言って、実行犯には興味はないね」

井上は、皮肉な口調で言った。「実行犯はプロだって言ってるだろう。雇い主がいるんだよ」

「だから、その実行犯を捕まえて、叩きゃいいんだよ」

「実行犯は外国人かもしれない。口を割ると思うか？」

「外国人だって……？」

倉島は、今度は本当にかぶりを振った。

井上は、ちょっとしゃべりすぎる。そういえば、以前にもそう思ったことがあった。公安の資質に欠けているかもしれない。

遠藤は、油断のない目つきで、倉島と井上を見た。

「そのネタは、マブなんだろうな」

「えー……」

倉島は、頭をかいて見せた。「まあ、その可能性もあるかもしれないなと……」

遠藤が矛先を倉島に向けようとした。

「はっきりしろよ。そっちの出方次第で、捜査のやり方も変わってくるってもんだ」

倉島は、ちょっとあわてた顔をしてみせた。

「殺人の捜査に関して口出しはしませんよ。自分らは、あくまで参考意見を述べさせていただくだけです」

「参考意見だって？　だったら、教えてくれよ。実行犯が外国人だってのは、どの程度確かな話なんだ？」

　ここは慎重に対処しなければならないと思った。嘘をつくと、あとあと問題になるだろう。不確かな情報を与えることもできない。

「二件の殺人の手口は、軍隊経験者のもののように思えます。それも特殊部隊などで使われるナイフテクニックのようです。もちろん、自衛隊でもそういう技術を学ぶかもしれませんが、外国の軍隊や特殊部隊にいた人物なら、実戦を経験していて、慣れている可能性があります。それだけ手口が鮮やかになるというわけです。手口が鮮やかになれば、目撃される可能性が低くなります」

　遠藤は、最初は嘲るような眼差しを向けていたが、話を聞くうちに、次第に興味を覚えた様子になった。

　倉島の話を聞き終えると、遠藤は言った。

「今回の事案は、極端に目撃情報が少ない。成城署の事案もそうらしいな……」

　倉島は、無言でうなずいた。

　ここは、何も言わずに、相手に考えさせたほうがいいと思った。

　遠藤はしばらく考えてから言った。

「じゃあ、なぜそのことを捜査会議で発表しない？　公安同士でこそこそと話し合っていても、捜査は進展しないんだぞ」

「まだ、未確認情報の段階です。捜査を混乱させたくありません。それこそ、余計な口出しでしょう」

遠藤はまた考え込んだ。それから、急に興味を失ったように言った。

「何か確実なことがあったら、ちゃんと発表しろ」

「わかっています」

倉島は言った。「役割分担ですよ」

遠藤と連れの二人が離れていった。井上がいまいましげに言った。

「刑事なんかにおもねることはないんだ」

「おもねっちゃいない。よけいな争い事を背負い込みたくないだけだ」

「ふん、あんなやつら……」

「そう思うなら相手にするなよ」

井上は、ある意味で要注意人物だと思った。冷静さを失った公安の捜査官は必ず失敗をしでかす。その失敗に巻き込まれないようにしなくては、と倉島は思っていた。


高輪にはいくつかホテルがあるが、その中でも、倉島は今いるホテルが気に入っていた。ロビーが広く、身を隠す場所がたくさんある。

それだけ仕事のときに利用しやすいということだ。

約束の五分前に、中華レストランに行き、予約した個室に通された。ウエイターが姿を消した隙に、テーブルの下や額縁の裏、置物の陰などを調べた。

盗聴器や小型のビデオカメラをチェックしたのだ。まさか、心配はないと思うが、それが習慣になっている。

これこそ、かつて倉島が滑稽に感じていたスパイごっこのような行動だ。だが、公安の捜査員はこれくらいの用心深さが必要だということを、今は知っている。

ウエイターがジャスミンティーを持ってきてくれた。

タチアナ・アデリーナは、約束より五分遅れてやってきた。グレーのタイトスカートのスーツを着ている。

身長は約百七十センチで、まるでファッションモデルのような体型をしている。これは、モスクワあたりでは珍しくはないが、日本では人の眼を引く。

「お待たせしたかしら。ごめんなさい」

タチアナの日本語は、ほぼ完璧に近い。多少、訛りはあるものの、ほとんど日本人と変わらない。

「ニエット・プロブレマ」

問題ないと、わざとロシア語で言った。

ランチではなく、コースを頼むことにした。いくつかあるなかで、タチアナは魚介類をメインにしたコースを選んだ。

倉島は、昨夜の夕食がステーキだったにもかかわらず、牛肉がメインのコースを選んだ。

ロシア人は、昼間からウォッカを飲むという印象があるが、最近はそうでもない。しかも、若者の間ではウォッカよりもビールが人気だ。

タチアナは、ジャスミンティーでいいと言った。倉島もそうすることにした。

前菜から順次料理が運ばれてくる。料理がある間は、世間話しかしなかった。ウエイターやウエイトレスの出入りがあるからだ。

食事が終わり、デザートになって、ようやく倉島は言った。

「自分がコソラポフと会ったことを、どうして知ったのです？」

タチアナはほほえんだ。

「東京都内のロシア人社会というのは、おそろしく狭いのよ」

「通商代表部では、殺された野田誠司について、何か知っていましたか？」

タチアナはほほえんだまま言った。

「私たちは、ソ連時代とは違うのよ。日露貿易のすべてを把握しているわけじゃないの」

「ごまかしているように聞こえるのは、気のせいですかね」

タチアナの顔から笑いが消えた。

「少なくとも、不正な取引について私たち通商代表部が関与することはあり得ない」

「だが、極東のマフィアと日本の暴力団の関係くらいは知っているのでしょう？」

「あなたたちが、新聞で知っている程度のことはね」

「じゃあ、質問を変えます。ロシアのマフィアが、日本のヤクザとの取引で、トラブルになって腹を立てているというような噂を聞いたことはありませんか？」

「ない」

「本当に？」

「いい？　私が言っていることは、すべて本当のことなの。日本人は、ソ連時代の印象で私たちを見ている。でもね、繰り返すけど、今の通商代表部は、当時とは違うの。ビジネスチャンスを作り出すための経済団体なのよ」

　倉島はうなずいた。

「よくわかっています」

「わかってないわ。私が、あなたの言ったような噂を聞いたことがないというのは、そんな噂などないという意味なのよ」

　倉島は、今の言葉について、しばらく考えていた。これは、重要な一言だった。

　タチアナは、実にさりげなく、さしさわりのない言い方で、断言したのだ。

　そのような噂も事実もない、と。

　もし、そういうことがあれば、自分の耳に入らないはずがないと、タチアナは言っているのだ。

　つまり、野田はロシアンマフィアと揉め事を抱えていたわけではないということだ。倉島は言った。

「ありがとう。参考になりました」

ロシアンマフィアではないとしたら、野田を殺害した相手は何者なのだろう。

ホテルの前で、タチアナと別れると、倉島は品川駅に向かって歩きながら考えていた。

野田は、どんな方法で金を作ろうとしたのだろう。あまりに手がかりが少ない。

倉島は、一度本庁に戻ることにした。上田係長に、報告をする必要もある。

9

午後一時過ぎに、警視庁に着いた。すぐに上田係長のもとに行き、報告した。

「赤坂署の事案と成城署の事案、凶器が同一であることが明らかになりました。手口も同じと見られています。同一犯人の仕業です。しかも、手口から見て、プロの犯行です」

「そして、どちらもロシアが絡んでいる……。そうだな」

倉島は説明した。

赤坂署の事案の被害者である高木英行は、行動右翼で、ロシア大使館周辺で街宣活動をやっていた。北方領土問題にも首を突っ込んでいた。

公安三課によると、ロシア大使館から高木英行の右翼団体に金が流れていたようだ。

一方、成城署の事案の被害者である野田誠司は、指定団体の多田山組の幹部で、多田山組は、ロシアとの密貿易や、ロシアへの中古車の輸出に関与することで、収入を得ていた。

ロシアの景気の悪化とともに、その収入も激減し、多田山組は困窮しており、野田誠司は、多少無茶な方法で金を作ろうとしていたという情報もある。

以上のことを報告しながら、倉島は自分自身で情報を整理していた。

「野田誠司が、ロシアンマフィアとのトラブルを抱えていたのではないかと推量したのですが、どうやらその線はなさそうです」

上田は、うなずいただけで、その根拠を訊こうとはしなかった。

公安の捜査員がこういう発言をするときは、情報源や協力者からの情報と、ほぼ決まっているのだ。

上田が自分の情報収集能力を信頼してくれている証拠だと思い、倉島は、少しばかりうれしくなった。

「高木の事案のほうで、もっと有力な情報はないのか？」

「ロシア大使館員をつついてみました。あと、理論右翼の大木天声に会って来ました」

それまで、顔を上げずに話を聞いていた上田係長が、驚いた様子で倉島の顔を見た。

「大木天声に会ったって……？」

「はい。情報源の一人がつないでくれました」

「それで……」

上田係長は、強く興味を引かれた様子だ。こういう態度を取るのは、かなり珍しいことだ。

倉島は、気分がよくなった。

「こちらの質問にはこたえてもらえませんでした。まずは顔合わせというところでしょうか……。ただ、二つの殺人事件に興味を引かれた様子でした」

「大木天声は、徹底的に調査する」

倉島はうなずいた。

「そのようですね」

「いいだろう。それで、次は……？」

「ロシア大使館員からの情報を待っています」

上田係長は、再び机の上の書類に眼を戻した。

「二件目の殺人が起きたことで、少々事情が変わった」

倉島は、眉をひそめた。

「どういうことです？」

「おまえに補佐を付ける。一人では何かとやりにくいだろう」

「驚きましたね。自分が補佐をやるのではなく、自分に補佐が付くのですか？」

「同じことを二度は言わない。白崎と西本だ。打ち合わせをしておけ」

さらに驚いた。

「西本だけならわかりますが……」

「二人とも同じ外事一課だ」

西本芳彦《よしひこ》は倉島より二歳年下で、階級も一つ下の巡査部長だ。西本が補佐に付くというのはうなずける。

だが、白崎敬《けい》は問題だった。倉島よりも十一歳年上なのだ。ベテランの捜査員に補佐役をやってもらうというのは気が引ける。

「西本だけでいいんじゃないですか？」

倉島がそう言うと、上田係長は再び顔を上げた。

「不服か？」

「いえ、そういう訳じゃありませんが……」

「白崎と西本は、以前にもおまえと組んで仕事をしたことがある」

「それはそうですが……」

「だから選んだんだ」

「白崎さんは、かなり年上ですから……」

「関係ない。もしこの先、おまえがオペレーションを仕切るような場合、いっしょに行動する捜査員の年齢や階級など気にしていられない」

この一言に、倉島はまたしても期待が膨らむのを感じていた。

将来、エース級になったらという仮定の話なのだ。つまり、上田は、倉島がエース級になれると考えているのだろうか。

いや、過度の期待はすまい。上田は、単に公安の捜査員の心構えを言っているに過ぎないのだ。

倉島は自分にそう言い聞かせた。

上田係長の言葉が続いた。

「今回の事案については、おまえが端緒に触れている。だから、おまえが白崎たちに指示するのは当然のことだ。年齢のことなど気にするな」

こういう指示は、警察においては珍しい。警察組織では、階級とともに年齢ものをいう。そういう意味では警察もやはりお役所なのだ。

だが、公安の捜査官は違う。上田はそう言いたいのだ。

たしかに、白崎は、倉島よりはるかに年齢が上だ。だが、実は、長い間刑事畑におり、公安の捜査官としての経験はそれほど多くない。

階級もまだ倉島と同じ警部補だ。公安で出世するとしたら、もっと早く警部に昇進して、ゼロの講習を受けていなければならないだろう。

こういう考え方は、白崎に対しては失礼かもしれないが、厳然とした事実なのだ。

「了解しました」

倉島は、そう言うしかなかった。上田は、ただうなずいただけだった。

白崎と西本は、すでに係長から話を聞いていたらしく、二つの事件の概要を把握していた。

「それで……、俺たちは何を調べればいい？」

白崎が言った。四十七歳の警部補は、多少くたびれた様子だった。見かけは、やはり公安というより刑事に見える。鋭い眼。ちゃんと散髪しているが、ちょっとだけ乱れた髪。

倉島から指示を受けることを不愉快に思っている様子はない。

倉島のほうが気にしていた。

「まず、ロシアからの入国者を徹底的に洗う必要があります」

白崎はうなずいた。

「わかった。暗殺者の特定だな」

「そういうことです」

「身分を偽っているかもしれない」

西本が言った。

倉島より二歳下だが、自信家だ。野心も強い。

もしかしたら、倉島から指示を受けることを、白崎よりも不満に思っているかもしれないと、倉島は思った。

ちょっと扱いにくいやつだ。だが、自信家だけあって、頼りになる。公安捜査員としてのセンスもある。

西本は、今後間違いなく公安部で出世していくだろうと、倉島は思っていた。エース級になれるかもしれない。

だが、エースだけでは公安の捜査は成り立たない。白崎のように刑事の経験を持ち、地道な調査活動を得意とする者も必要なのだ。

倉島は西本に言った。

「当然その可能性はあるな。だから、ただ出入国者を調べるだけじゃだめだ」

西本はにやりと笑った。

「すべて心得ているよ」

「それと……」

倉島は白崎を見て付け加えた。「もし、独自にロシア人の殺し屋についての情報をお持ちでしたら、そちらも当たっていただけると助かります」

白崎ではなく、西本が言った。

「言わずもがな、だな……」

たしかに西本の言うとおりだ。だが、どうしても白崎に気を使ってしまう。

「お二人の助けが必要です。よろしくお願いします」

倉島は、そう言って、白崎を意識しながら頭を下げた。


夕刻に、成城署に顔を出して様子を見た。まだ、捜査員たちが上がっていない。電話を受ける声と無線のやり取りだけが聞こえている。

峰組対四課長と、石橋管理官が真剣な表情で何か話し合っている。赤坂署との連携をどうするかを相談しているのではないかと思った。

倉島に気づいた峰課長が、手招きをした。倉島は、課長と石橋管理官のもとに近づいた。

「被害者が、強引な手段で金を作ろうとしていたという情報があったそうだが……」

峰課長が倉島に言った。

「ええ。そういう話を聞きました」

「誰から聞いたんだ？」

情報源はなるべく明かしたくない。公安の捜査員にとって情報源や協力者は独自の財産だ。そして、それを他人に洩らすことで、本人たちに迷惑をかけたり、場合によってはその身を危険にさらすことになりかねない。

だが、隠し立てして反感を買うのもまずい。考えた末に、倉島は言った。

「高橋良一というマルBです。良虎会という団体の組長です」

峰課長は、石橋管理官に尋ねた。

「知っているか？」

「ええ。指定団体ですね」

峰課長は、倉島に視線を戻した。

「その情報は確かなのか？」

「わかりません。確認を取っている最中です」

「被害者はロシアとの関わりが深かった。ロシアンマフィアに消されたという線は？」

「それはなさそうです」

「根拠は？」

「そういうことがあれば、必ず耳に入るという人物が、断言しました」

「その人物とは……？」

「ロシア通商代表部の職員です。これ以上のことは訊かないでくれるとありがたいのですが……」

峰課長は、しばらく倉島を見つめていたが、やがて言った。

「わかった。ロシアンマフィアではないという君の言葉は信じていいんだな？」

「はい。今のところは……」

「曖昧な言い方だな」

「捜査の進展によって、状況が変わることも考えられますから……」

「慎重な言い方だが、逃げ道を用意しているとも取れる」

「別に逃げようとは思っていません。被害者が、無茶な方法で金を作ろうとしていたらしいという情報も、犯人はロシアンマフィアではないらしいという情報も、今のところは、かなり確実な線と見ていいと思います」

峰課長はうなずいた。

「わかった。ところで、君は、赤坂署の特捜本部に参加しているんだったな?」

「はい。予備班です」

「向こうの様子はどうなんだ?」

「そうですね……。こちらと同様に、目撃情報がなく手こずっている様子ですね」

「犠牲者の一人は行動右翼、一人はマルB……。このことに何か意味があると思うか?」

「さあ、自分にはわかりません」

「では、両方ともロシアと関わりがある。それについてはどうだ?」

「だからこそ、自分が特捜本部に送り込まれたのだと思っています」

「もっとはっきりしたこたえが聞きたいんだがな……」

倉島は、頭の中を整理してみた。そしてこたえた。

「ええ。間違いなくロシアが関係しています。外事一課では今まで、自分一人で両方の特捜本部に対処していましたが、新たに二人の係員が担当することになりました。その二人は、現在、ロシアからの入国者について当たっています」

「他には何か……?」

「特に報告するようなことはありません」

「わかった。今後も、何か情報があったら知らせてくれ」

「こちらからもうかがってよろしいですか？」

「何だ？」

「被害者が、無茶な方法で金を作ろうとしていたというのは、マルBからの情報です。組対四課のほうでも何かをつかんでいるのではないですか？」

峰課長は、石橋管理官を見た。

石橋管理官が倉島に言った。

「今のところ、何の情報もない。もちろん、そちらからの情報をもとに当たってみてはいるが……」

「マルB同士のトラブルでもないわけですね？」

「そういう話もない」

「わかりました」

峰課長と石橋管理官は、もう行っていいということを態度で示した。倉島は、二人から離れて、考えた。

捜査幹部が倉島のような若造から直接話を聞きたがった。どんな手がかりでもほしいということだろう。

捜査が思うように進展していないことを意味している。捜査員から有力な情報が上がってこないのだ。

二人の話から、もう一つ明らかになったことがあった。

野田誠司は、何らかの方法で金を作ろうとしていた。それが原因で殺された可能性がある。だが、金を作ろうとした相手はロシアンマフィアでもマルBでもない。暗黒街の住人を相手にしたわけではないのだ。

では、相手は誰だったのだろう。どんな相手から金を引きだそうとしたのだろう。

そこがこの事件のポイントだという気がした。

峰課長や石橋管理官と話ができたことで、成城署特捜本部の様子がわかった。倉島は、赤坂署に向かうことにした。

十二月も半ばを過ぎて、世の中の慌ただしさが増していた。すでに、街中は年末の匂いがする。夕闇にイルミネーションが輝く。不景気だ不景気だと騒ぐわりには、街はそれなりに賑わっている。

駅には酔漢が目立つ。これから、警察はいっそう忙しくなってくる。特に所轄の生活安全課や地域課は、すでに年末の特別警戒の態勢に入っている。

だが、倉島の仕事に季節は関係ない。スパイは三百六十五日暗躍している。

赤坂署の特捜本部には、そろそろ捜査員たちが戻り始めていた。あちらこちらで、捜査員たちが会話をしているので、室内はがやがやしている。

まだ、捜査会議が始まるまで二十分ほどある。倉島は、端の席に座ってこれまでのことを、もう一度思い返していた。

無線機が警戒音を発した。一斉の無線だ。「通信指令本部から各局ならびに各移動、東五反田三丁目にて、変死体を発見。被害者は白人男性……」

特捜本部内が静まりかえった。

無線で詳報が流れる。一斉の無線が終了すると、管理官の一人が言った。

「白人男性だって……。こっちの事案と関係ないだろうな……」

倉島も嫌な予感がしていた。

もしかして、ロシア人の遺体なのではないかと思ったのだ。

やがて、捜査会議が始まったが、倉島は会議に集中できなかった。新たな変死体のことが気になっていた。

それは、捜査幹部たちも同様のようだ。捜査会議が終わるとすぐに、池田管理官が連絡係に指示した。

「先ほどの件の続報はないか?」

「電話してみます」

連絡係が通信指令本部に電話をした。やがて電話を切った彼の報告が聞こえてきた。

「被害者は、ロシア人と見られています。死因は鋭利な刃物による刺し傷だそうです」

特捜本部内に緊張が走った。

倉島は、唇を噛んでいた。

10

倉島は、上田係長の携帯電話にかけてみた。すぐに返事があった。

「東五反田の件だな?」

「ええ。遺体はロシア人と見られていると聞きましたが……」

「間違いない。ミハイル・セルゲイビッチ・ペルメーノフ、四十一歳。この名前に聞き覚えはあるか?」

たしかに聞いたことのある名前だった。倉島は、頭の中で自分が作成したリストをスクロールしていた。

「知っています。たしか、何とかいうロシアの新聞の記者をやっていたはずです」

「ちょっとは使えるようになってきたな。そう、ロシア文芸ジャーナルの記者ということになっていた。ロシア文芸ジャーナルは、もともとはソ連の文化政策の一環で作られた新聞だったが、ソ連解体後は民営化された。だが、それは形だけで、実際は背後でSVRが糸を引いていると言われている」

SVRは、対外情報庁のことだ。ソ連時代に対外諜報を担当していたKGB第一総局の後継機関だ。

「ミハイル・ペルメーノフがスパイだったと考えていいですね」

「ああ。おまえは知らなかっただろうが、外事一課では専任の捜査員がついて、いちおうマークしていた」

「いちおう……？」

「あまり重要度は高くなかった。ペルメーノフは、経済スパイだったが、彼が本国に送っていた情報は、日経新聞の記事に毛が生えたようなものでしかなかった」

「なるほど……」

これは珍しいことではない。スパイといってもその重要度はピンからキリまでだ。実際に命のやり取りをするような危険な仕事をしているスパイもいれば、このペルメーノフのように、比較的のんびりとした連中もいる。

だからといって、油断はできない。普段、たいした仕事をしていないスパイが、何かのきっかけで重要な情報を入手することもあるのだ。

彼らにとって重要ということは、日本にとっては知られたくない情報ということだ。それで、担当の捜査員がいたのだろう。

「その専任の捜査員に聞けば、何かわかるかもしれませんね」

「その捜査員というのが、実は白崎だったんだ。彼を所轄の大崎署に向かわせた」

「わかりました。合流して話を聞いてみます」

「つまり、おまえはペルメーノフの件が、高木英行や野田誠司の殺害と関係があると考えているんだな？」

「鋭利な刃物による殺害なんでしょう？　手口も似ているし、ロシアという共通点があります。無関係とは思えませんね」

「大崎署の特捜本部は、公安が仕切ることになるかもしれない」

被害者が外国人だった。しかも、スパイだった。公安主導の事案になる可能性は充分にあった。

「了解しました」

電話が切れた。

携帯電話をしまうときに、倉島は周囲の視線を感じた。捜査員たちが、倉島のほうを見ている。

池田管理官が、その場にいる捜査員たちを代表するように、声をかけてきた。

「公安のほうで何かわかったのか?」

部屋の隅の人がいない場所で、声を小さくして電話をかけていたので、話の内容を聞かれたとは思えない。

だが、ここでへたに隠し立てすると、いっそう刑事たちの反感を買うことになる。

「被害者の氏名や職業などがわかりました」

倉島は、池田管理官にそれを伝えた。ペルメーノフがスパイだったという事実は、まだ伏せておくことにした。

「ほう、公安がマークしていたのか?」

「ペルメーノフはジャーナリストですからね。海外のジャーナリストというのは、外事の監視対象のリストに上がるんですよ」

「なるほど……」

池田管理官がうなずいた。「特にロシア人はそうだろうな」

「そう。ロシア人、中国人、キューバ人などは要注意ですね」

警察では、いまだに共産圏や社会主義国に対する警戒心が強い。ロシアはすでに社会主義国ではないが、完全に資本主義化したとはいえない。

池田管理官がさらに尋ねてきた。

「ほかに、何かあるか？」

「自分の上司は、大崎の事案が公安主導になるかもしれないと言っておりました」

池田管理官の顔が、ごくわずかだが、不快そうに歪んだ。殺人事件を公安が仕切ることに、抵抗を感じるのだろう。

「それで、二件の殺人事件との関連は？」

「あると考えたほうがいいでしょう。ロシアという共通点がありますし、手口も一致しています」

「ならば、三つの事案を合同で捜査したほうがいい。大崎の事案だけを公安が仕切るというのは不合理だ」

「それは自分が考えることではありませんね。部長クラスの判断でしょう」

夜の十時になろうとしている。すでに、捜査一課長の姿はなく、刑事部長は朝から一度も姿を見せていないようだ。

池田・池谷の二人の管理官が特捜本部を切り盛りしている。彼らは、「部長クラスの判断」という倉島の言葉をどう受け取っただろう。

ふと、それが心配になった。だが、池田管理官は気にした様子もなく言った。

「君の言うとおりだ。我々がそれを気にしても仕方がない。問題は、すべての特捜本部で情報がちゃんと共有されるかどうかだ」

すでに、この発言は自分に向けられたものではない。倉島はそう判断して何もこたえなかった。

池田管理官は、自分自身の考えを述べているに過ぎない。ただ拝聴していればいい。

案の定、池田管理官は、ペルメーノフの件について、それ以上何も言わなかった。やがて、他の捜査員たちも倉島への関心をなくしたように、それぞれの持ち場で作業を始めた。

それを潮に、倉島は、赤坂署の特捜本部を出た。


署を出てから、白崎に連絡を取ろうと思った。公衆電話ではなく、携帯電話を使うことにした。公安の同僚に連絡するのに、わざわざ公衆電話のところまで行くことはないと判断したのだ。

「はい」

そう言っただけで、白崎は名乗らなかった。登録していない番号からかかってきたので警戒しているのだろう。

「倉島です」

「おい、これ、携帯電話じゃないか」

「相手が白崎さんですから……」

「俺がもし何かの理由で拉致されるか殺されるかして、敵対組織の連中がこの電話を手にしていたらどうする?」

倉島は、一瞬言葉を失った。

「すいません。注意が足りませんでした」

白崎の声が笑いを含んだ。

「ばか、冗談だよ。東五反田の件か？」

「はい。係長から聞きました。白崎さんが、ペルメーノフの監視を担当していたんですって？」

「ああ……」

声が沈んだ。「とにかく電話じゃ詳しいことは話せない」

「今、大崎署ですか？」

「そうだ」

「これからそちらに向かいます」

「わかった。待っている」

年末が近づくにつれて、タクシーがつかまりにくくなっている。倉島は、なんとか空車をつかまえて、大崎署に向かった。

在日コリアンの行動右翼、ロシアとの取引を資金源としていた暴力団の組員、そして、ロシア人ジャーナリストが殺害された。

たしかに、ロシアと関わりがあるという共通点がある。だが、よく考えてみれば、それだけのことだ。

三人の被害者の、ロシアとの関わり方はそれぞれに違うように思える。だが、明らかに実行犯は同じだ。

少なくとも、高木英行と野田誠司を殺したのは同一人物だろう。検視の報告も見ずに、先走ったことは言えないが、おそらくペルメーノフを殺したのも同じ犯人だ。

三人はなぜ殺されたのだろう。

それが、謎のままだ。

とにかく、白崎から話を聞いてみよう。そう思った。


大崎署は、倉島が出入りしている二つの特捜本部と、まったく同じ雰囲気になりつつあった。

講堂では、ようやく机などの運び込みが始まったところだった。本格的に特捜本部として運用するのは、明日からになるだろうが、椅子などの運び込みを待ちきれず、捜査員たちが車座になったり、立ったまま輪を作ったりして話し合っていた。

その中に白崎の姿を見つけて近づいた。白崎が倉島に気づいてうなずきかけてきた。

二人は、捜査員たちから離れた場所に移動した。

「初動捜査の様子はどうですか？」

「自宅兼通信部として借りている一軒家に、帰宅したところを背後から襲われたらしい。遺体は、入り口脇の植え込みの陰にあったので、すぐには発見されなかった」

「……ということは、死んでからずいぶん経っているということですか？」

「死亡推定時刻は、昨夜の十一時から今日の午前一時の間だ。酒を飲んで帰宅したようだ」

昨夜の十一時といえば、倉島が高橋良一に電話をしていた頃だ。

「第一発見者は？」

「隣のマンションの住人だ。三階に住んでいて、ここの玄関が見える位置にベランダがある。植え込みの陰から被害者の両足が出ているのが見えたので、一一〇番通報した」

「刺創があったということですが、それが致命傷ですか？」

「そうだ。鋭利な刃物。おそらく両刃のナイフだ。まだ詳しい分析の結果が出ていないが、おそらく他の二件と同じだよ」

「手口も同じですね？」

「ああ。おそらくペルメーノフは、まだ自分が殺されたことにも気づいていないだろう」

つまり、それくらいに手口が鮮やかだったということだ。

「目撃情報もなしですね？」

「ない。その点も、他の二件と同じだな」

「何かトラブルを抱えていたんですか？」

「いや、俺が知る限り、そんな様子はなかった」

そこまで言って、白崎の表情が曇った。「もっとも、俺はべったり張り付いていたわけじゃないがね……」

「監視対象だったということですが、どの程度の頻度で、見張っていたのですか？」

「週に一度、様子を見に行く程度だった。それくらいの重要度の対象だった」

「殺されるような情報をやり取りするほどのスパイじゃなかったということですね？」

「ああ……。だが、殺されちまった」

もしかしたら、白崎は自分を責めているのかもしれない。もっと頻繁に監視していれば、ペルメーノフは殺されずに済んだと思っているのではないだろうか。

あるいは、殺される理由に気づいた可能性もあると考えているのか。

何か言ってやるべきだろうか。倉島は、考えたが、結局何も言わないことにした。

「何か見落としていることはありませんか？」

「どうかな……。これからペルメーノフに関する記録を一から調べ直してみるつもりだが……」

「昨夜の行動はすでに明らかになっているんですか？」

「ある作家のインタビューで知り合った、出版社の人間と飲んでいたらしい」

倉島は、その編集者の氏名と会社名、連絡先をメモした。

「会いに行くつもりか？」

「いえ、念のためです」

白崎に気を使って、そうこたえた。ペルメーノフの監視担当者だったのだから、白崎がやるべき仕事だ。すでに、所轄の強行犯係か本庁の捜査一課が話を聞きに行っているかもしれない。

「会ってみてくれないか？」

「どういうことです？」

白崎が、眼をそらした。

「俺はペルメーノフが殺される予兆を見逃したのかもしれない」

やはり、彼は落ち込んでいるようだ。

「だったら、なおさら白崎さんが捜査をすべきです」

「いや、そうじゃない。俺はペルメーノフの行動パターンに慣れすぎていたのかもしれない。彼の交際範囲もだいたい把握している。だが、なんの異常も感じ取ることはできなかった。他者の眼が必要なんだ」

「僕に、ベテランの白崎さんほどの眼があるとは思えませんね」

「謙虚ぶらなくていい。いいから、話を聞いてこい」

別に自責の念に駆られているわけではないということがわかった。倉島は、ほっとしていた。

白崎は何も言わないが、倉島の補佐に付けられたことが愉快なはずはない。その上、落ち込まれてはたまらない。

「わかりました。行ってみます」

「ロシアからの入国者の件だが……」

「はい」

「俺のほうでは、特に怪しいのはひっかかっていない。だが、あえて要注意というなら、この三人だ」

白崎がA４判の紙を差し出した。三人のロシア人の名前が印刷してある。

ドミトリ・カチャロイエフ
アレキサンドル・コーメンスキー
マキシム・キリレンコ
「どういう連中なんです？」

「ドミトリ・カチャロイエフは、貿易会社の社員として来日しているが、元は陸軍の特殊部隊に所属していた。年齢は、四十九歳。アレキサンドル・コーメンスキーは、美術商だ。かつて、KGBの第一総局に所属していたことがあるから、対外活動を続けていると見て間違いない。マキシム・キリレンコは、ジャーナリストだ。モスクワのテレビ局のクルーで、何かの番組の事前取材に来ているということだが、彼も元ＫＧＢだ」

インテリジェンスを専門にしている者が、刺客として優れているとは限らない。むしろ、荒事とインテリジェンスは別物と考えたほうがいい。

経歴から見て、この中で一番注目すべきなのは、陸軍の特殊部隊を経験しているというドミトリ・カチャロイエフだろう。

だが、白崎が言ったとおり、あまり怪しいとは思えない。

この程度の経歴を問題にしていては、ロシアからの入国者は半分以下になってしまうだろう。

「ありがとうございます」

「礼など言うな」

「え……？」

「捜査員が捜査をするのは当たり前のことなんだ。それに、俺は別におまえのために捜査をしているわけじゃない。これが仕事なんだ。だから、礼を言う必要などない」

白崎が言うことはもっともだ。

こちらが妙に気を使うと、かえって失礼に当たるかもしれない。

「そうですね。でも、お礼は言っておきます。公安捜査員にとってこうした情報を他人に渡すのは身を削られるようなものでしょうからね」

白崎は、かすかに笑った。

「大げさなんだよ」

講堂の中は、まだ比較的静かだ。捜査員たちは、押し殺したような声で話し合っている。特捜だ。

本部が本格的に始動すれば、電話や無線のやりとり、管理官たちの指示の声で騒々しくなるはずだ。

特捜本部や捜査本部を、どこが仕切るかで雰囲気は多少変わってくる。刑事部が仕切れば、刑事たちが第一線に立ち、容疑者を追い詰めていくだろう。

公安が主導権を握れば、情報合戦の要素が強くなる。誰がどれだけの情報を握っていて、当該の事案がそれとどういう関係があるかを探っていくのだ。

高木英行、野田誠司、そしてミハイル・ペルメーノフの殺害は、間違いなくプロによる連続殺人だ。雇い主がいる。

したがって、実行犯を特定するだけでは事案の解決はない。事案全体として見れば、刑事事案というより、やはり公安の事案と考えるべきだ。三件の殺人の背後に何があるのか、それを探り出さなければならない。

倉島は、西本とも連絡を取ってみようと思った。

なぜか、西本には携帯電話からかける気がしなかった。講堂内にある電話で話をすると、誰かに聞かれる恐れがある。

公衆電話を探すために、外に出ることにした。

警察署の前ですぐに見つかった。大崎広小路のあたりは、今でも比較的公衆電話が多い。

呼び出し音五回で西本が出た。

「はい」

「倉島だ」

「サポートに連絡するのに、わざわざ公衆電話か？」

「注意するに越したことはない。例えば、おまえが敵対組織に捕まっていて、そいつらがこの電話を持っているとか……」

西本は、冗談につき合っている暇はないとばかり、いきなり報告を始めた。

「入国者についての洗い出しには、まだちょっと時間がかかる。情報源や協力者の線を当たっているが、凄腕の殺し屋が入国したという話はまだ聞いていない」

「わかった。だがその情報源や協力者が、その殺し屋とつながっていないとも限らない」

「それは否定できないが、そこまで疑っていては情報収集もできやしない」

「そうだな。まとまった話はいつ頃聞ける？」

「明日の夜まで待ってくれ」

「了解した。ミハイル・ペルメーノフが殺されたことは知っているな？」

「もちろん」

「ペルメーノフの監視を担当していたのは、白崎さんだそうだ」

「へえ……」

まったく関心がないという口調だ。

「今、白崎さんは、大崎署に詰めている。この件の特捜本部は、公安が仕切ることになるかもしれないと、上田係長が言っていた」

「特捜本部のことなんて、興味ないな。これはただの殺人事件じゃない。俺はテロだと思っている。三人の被害者は、ある共通の目的のために殺された」

「共通の目的？　それは何だ？」

「まだわからない。だが、ロシアに関わる何者かの利益や安全を守るためであることは間違いないだろう」

「漠然とした話だな……」

「そのうちはっきりしてくるさ」

西本は楽観的だ。優秀な捜査員は、たいていそうだ。自分はなかなか西本のようにはなれない。

倉島はそう感じていた。

11

自宅に戻れたのは、夜の十一時を過ぎてからだった。

長い一日だった。赤坂署と成城署を行き来して本庁に立ち寄り、それに大崎署が加わった。夕チアナと昼食を食べたのは、今日のことだが、はるかに昔の出来事のような気がする。

夕食を食い損ねていた。何か食べようと、冷蔵庫を開けたとき、携帯電話が振動した。

コソラポフからだった。そろそろ来るころだと思っていた。倉島と会ったことで、尻に火がついていたはずだ。同胞のペルメーノフが殺されて、たまらずに連絡をしてきたのだろう。

「倉島だ」

「先日、誘ってもらったんでな。今度は、こちらから誘おうと思うんだが……」

「素直に話があると言えばいいんだ」

「話がある」

疲れ果てて自宅に帰り着いたのだが、大切な情報源からの誘いを断るわけにもいかない。

溜め息をつきたい思いで、倉島は言った。

「じゃあ、この前の六本木の店はどうだ？」

「いいだろう」

「今の時間だと、二十分ほどで行けるはずだ」

「わかった。待っている」

食欲がなくなった。神経が高ぶっているせいだろう。バーで酒を飲めば、少しはましになるかもしれない。

それで何か食いたくなったら、食事に行こうと思った。場所は六本木だ。食事をする場所ならいくらでもある。


先日の店のカウンターで、コソラポフが待っていた。ビールのジョッキがあり、半分ほどが空になっていた。

「待たせたな」

倉島もビールを注文した。

コソラポフの表情は硬い。アルコールを飲んでいるにもかかわらず、わずかに青ざめてすら見える。

自分のジョッキがやってくると、倉島はコソラポフに言った。

「席を移ろうか？」

コソラポフがうなずいてビールのジョッキを持った。二人は、先日と同様にボックス席に移動した。

「話というのは何だ？」

「日本の公安は、どこまでつかんでいるんだ？」

「殺人事件のことを言っているのか？」

コソラポフは、さらに近づき声を落とした。

「あの三人を殺したのが誰なのか、知っているのか？」

「おかしなことを言うな。知っていたら、逮捕しているさ」

「知っていて、逮捕できずにいるんじゃないのか？」

「日本の警察は、それほど無能じゃない」

「それも相手によるだろう」

コソラポフが言いたいことはわからないではない。

「まさか、またヴィクトルがやってきたとでも言うんじゃないだろうな」

「それなら、まだましだ。グループ・ヴィンペルの連中は、そこそこインテリだったからな。分別もあった」

「ヴィクトルではない。だが、誰か特定の人物のことをこちらに伝えようとしている。そういうことだな？」

コソラポフは、体を引き、ビールのジョッキに手を当てた。その姿勢のまま、しばらく何事か考えてから言った。

「私は何も知らない。その前提を認めてくれるか？」

これは、妙な言い方だが、わかりやすく言えば、「関わりになりたくないので、何も知らないということにしておいてくれ」ということだろう。

「いいだろう。その前提を認めよう」

「この男のことを調べてみろ」

コソラポフが、メモ用紙をポケットから取り出した。

キリル文字が書かれている。

アンドレイ・シロコフと読めた。

倉島はすぐさまそのメモ用紙をポケットにしまった。

コソラポフが言った。

「もしかしたら、偽名で日本に入国しているかもしれない」

「何者だ？」

「言っただろう」

コソラポフが、ビールを飲んだ。ジョッキを持つ手が震えているような気がした。「私は何も知らない」

これ以上、コソラポフから何か聞き出すことができるとは思わなかった。

倉島は、ビールを飲み干した。

「ヴォトカでも飲むか？」

「すぐに帰ったほうがいいことはわかっているんだが……」

コソラポフが怯えた表情のまま言った。「飲まずにいられない気分だ」

倉島はうなずいて席を立ち、カウンターでウォッカのボトルを注文した。何か食べ物はあるかと尋ねると、ハムサンドができるというので、それを作ってもらうことにした。

ショットグラスを二つとウォッカのボトルを持って席に戻った。

倉島は、ショットグラスにウォッカを注ぎ、一つをコソラポフの前に置く。倉島がグラスを掲げると、コソラポフはそれにこたえることもなく、一気に飲み干した。

それが正式のウォッカの飲み方だ。倉島もそれにならった。喉を冷たいウォッカが下っていき、胃袋で一気に燃え上がった。空きっ腹だから、いっそう強烈だった。

倉島は、空になったコソラポフのグラスにまた注いだ。コソラポフは、それをしばらく見つめていた。

倉島は、今度は少しずつ口に含んだ。

コソラポフが、また一息でグラスをあけた。

ハムサンドができたと、カウンターから呼ばれたので、それを取ってきて、かじりながらウォッカを飲んだ。

コソラポフも倉島もしばらく何も言わずに飲んでいた。やがて、倉島は言った。

「何も知らないことにしてくれと言ったが、そうでなければ、ロシアの国益を損ねることになるのか？」

コソラポフは、こたえない。また一杯、ウォッカをあおった。

倉島は、さらに言った。

「だとしたら、俺はこれ以上何も訊けないな……」

コソラポフが、視線をテーブルに落としたまま言った。

「国益を損ねるだって？　そうじゃない。巻き込まれたくないだけだ」

「巻き込まれたくない？　何にだ？」

酔いが回ってきたせいか、コソラポフの表情が弛《ゆる》んできて、眼差しに落ち着きが戻ってきた。

「ロシアの権力闘争は、ときどき、とんでもない方向に向かう。国際社会が予想もしていなかったことが起きることがある」

「例えば、一九九三年のモスクワ内乱のようなことか？」

「それが、国内で起きているうちは、まだ救いがある」

倉島は、その一言がひどく気にかかった。

「日本で何かが起きようとしているという意味だな？」

たちまち、コソラポフの眼に警戒の色が戻った。しゃべり過ぎたと思ったのだろう。

彼は、唐突に立ち上がった。

「これ以上飲んでいると、明日の仕事に差し支える。失礼するよ」

倉島の返事を待たずに、コソラポフは立ち去った。

倉島は、サンドイッチの残りを手にしたまま、ウォッカの入ったショットグラスを見つめていた。

食欲がなくなり、サンドイッチを皿に戻した。

アンドレイ・シロコフ。

すでにその名前を記憶していた。それが、殺人者の名前なのだろうか。それとも、プロの殺し屋を雇った人物か……。

コソラポフは、なぜその人物の名前を倉島に教えようとしたのだろう。ロシアの政府や諜報機関に関係のある人物だとしたら、その名前を倉島に教えることは、重大な国家に対する裏切りとなるだろう。

ＦＳＢ（連邦保安庁）に所属するコソラポフがそんなことをするはずがない。

権力闘争に巻き込まれたくないと言っていた。あれは、どういう意味だろう。日本で何が起きようとしているのだろう。西本は、三つの事件は単なる殺人ではなく、テロだと言った。

その見方は正しいかもしれない。テロを含む何かが進行している。

倉島は、バーを出ると、タクシーを拾って警視庁に向かった。

すでに午前零時を回っている。空きっ腹にウォッカを飲んだので、酔っているはずだ。だが、まったく酔った気がしなかった。

警視庁というのは、役所だが夜中でもけっこう賑やかだ。二十四時間人が絶えることはないし、無線連絡もけっこう頻繁にある。

倉島は、自分の席に行こうとして、上田係長がいたので驚いた。ノートパソコンに向かっている。

「まだ仕事ですか?」

上田は、倉島の姿を見てもまったく驚いた様子はなかった。

「片づけなければならないことが山ほどあるんだ」

「実は今、情報源の一人に会ってきたんですが……」

「重要な話か?」

「そう思います」

上田は、パソコンの画面から、倉島の顔に視線を移した。

「話せ」

「情報源が、ある名前を教えてくれました」

「名前？」

「アンドレイ・シロコフという名です」

「何者だ？」

「わかりません。しかし、三件の殺人に関わっている人物だと思います」

上田係長は、じっと倉島を見つめた。その視線のせいで、落ち着かない気分になった。

「徹底的に調査しろ。白崎と西本の手も借りるんだ」

「そのつもりです。ただ、おそらく入国する際に偽名を使っているでしょうし、調査には時間がかかるかもしれません」

「そんな悠長なことは言っていられない。そいつは決定的な情報かもしれないんだ」

「わかりました。全力で調査します」

「そのロシア人の名前だが、特捜本部に知らせる必要はないぞ」

倉島はうなずいた。

「わかっています。何者か、どういう背景を持っているのか、何のために日本に入国したのか……。そういうことが明らかになる前に、刑事たちに教えるのは危険ですからね」

「わかっているならいい」

刑事たちの回りには常にマスコミがいる。アンドレイ・シロコフの名前が洩れでもしたら、元も子もなくなるのだ。

「それからな……」

上田がパソコンに眼を戻して言った。「身辺に気をつけろ」

その口調があまりにさりげなかったので、一瞬、何を言われたか理解できなかった。

「わかりました」

倉島はそう言ってから、自分の席に向かった。

上田に言われるまでまったく意識していなかった。コソラポフは緊張し、怯えていた。今や、それは他人事ではなくなったのだ。

アンドレイ・シロコフの名前を知っているということは、きわめて危険なことなのかもしれない。

今のところは、それほどの危険はないだろう。だが、倉島がその名を知っていることが、どこからか洩れるかもしれない。コソラポフが誰かにしゃべってしまう恐れもある。

これから、白崎や西本と情報を共有しなければならないのだが、その周辺に洩れる可能性もないとはいえない。

倉島が、第四の犠牲者になることもあり得るのだ。インテリジェンスというのは、そういう世界だ。公安の捜査員が単なる警察官ではないというのは、そういう意味なのだ。

とにかく、アンドレイ・シロコフというのが、何者なのかを調べることだ。倉島は、パソコンを立ち上げ、どこから手を付けようかと考えていた。

まず、過去の記録を当たることだ。日本国内になければ、ロシアの捜査当局の協力を得ることも考えなければならないが、公安事案の場合、それは危険だ。

ロシアの捜査当局が敵対組織となることもあり得るのだ。その場合、アンドレイ・シロコフの名前を照会したとたん、この件に関するすべての情報をシャットアウトするだろう。

なんとか独自のルートを駆使して調べるしかない。

一人ではとうてい無理だ。上田係長に言われたとおり、白崎と西本の力を借りることになるだろう。

白崎のことを考えて、ふと思い出した。白崎が教えてくれた三人のロシア人入国者について調べなければならない。

倉島は、パソコンでエクセルを立ち上げ、三人の名前を打ち込んだ。

ドミトリ・カチャロイエフ
アレキサンドル・コーメンスキー
マキシム・キリレンコ
おそらく、白崎も言っていたように、この三人は事件とは関係ないだろう。だが、いちおう当たってみなければならない。それが警察の仕事だ。

倉島は、さらに、別ファイルに、アンドレイ・シロコフという名前を打ち込んだ。空白の画面をしばらく見つめていた。

ここに書かれる情報が増えれば増えるほど、倉島はアンドレイ・シロコフという人物に近づいていくことになる。

その名前を、インターネットで検索してみたい衝動に駆られた。キリル文字で打ち込めば、ロシアのウェブサイトもヒットするに違いない。

倉島は、ロシア語がそれほど得意ではないが、ヒットしたページをブックマークに登録するか、プリントアウトして、大学教授などの専門家に訳してもらうこともできる。

そこまで考えて、やるべきではないと思った。

普段は意識していないが、ウェブサイトは世界につながっている。どこで誰がチェックをしているかわからない。倉島が、検索サイトにアンドレイ・シロコフの名前を打ち込んだことが、ネットを通じて誰かに知られてしまうかもしれない。

少なくとも、検索サイトのサーバーには記録が残る。うっかり、キャッシュデータを消さずにいると、ブラウザーにそれが残り、誰かに覗かれてしまうかもしれない。

検索するにしても、倉島本人がやるべきではない。誰か別の者に依頼しよう。そう決めた。

気がつくと、いつのまにか上田係長が姿を消していた。ようやく帰宅したのだろう。

俺も眠れるうちに眠っておこう。

そう思い、倉島は自宅に引き揚げることにした。

12

翌日は、本庁に登庁した。白崎と西本にも本庁に来るように、携帯電話にメールをしておいた。

白崎が先に来て、西本はやや遅れてやってきた。

アンドレイ・シロコフの名前を告げると、白崎は記憶をまさぐるように眉をひそめ、西本は、あくまで無表情だった。

倉島は二人に尋ねた。

「この名前に、聞き覚えはないかな？」

白崎がかぶりを振った。

「いや、初めて聞く名前だな……」

西本が言った。

「これまで日本での犯罪歴はない」

自信たっぷりな言い方だった。何か記録があれば、全部記憶しているとでも言いたげだ。実際に、それだけの自信があるのかもしれない。

西本はその自信に見合うだけの努力をしている。それも、決して人の見ていないところで、密かに努力を重ねているのだ。それが、彼の美意識だ。

「この人物のことを調べ、なんとしても発見しなければならない」

白崎が尋ねた。

「いつごろ入国したのか、わからないのか？」

「わかりません」

「やっかいだな……。入国した時期がわかれば、なんとかなりそうなのだが……」

西本は言った。

「とにかく、ロシア人入国者を徹底的に当たることだ。その名前が見つからなければ、考えられることは二つ」

倉島は聞き返した。

「二つ？」

「そう。偽名を使って入国したか、ずっと日本に住んでいたか……」

「日本に住んでいたとは思えないな。殺人事件に深く関与するような危険なロシア人なら、必ず俺たち外事一課のリストに載っているはずだ」

「洩れている場合もあるさ」

「身も蓋もないことを言うんだな」

「どんなに綿密な捜査をしたって、絶対ということはない」

「だが、ずっと日本にいたというより、偽名で入国したというほうが蓋然性が高いように思える」

この倉島の言葉に、白崎がうなずいた。

「俺もそう思うな。そのロシア人は、おそらくこれまでの三件の仕事をこなすためにロシアからやってきたんだ」

「とにかく、俺は、そいつの素性を当たってみるよ」

西本が言った。「どこまで探れるかわからんがな……」

「じゃあ、俺は入国の記録を当たろう」

白崎が言った。

「お願いします」

「だからさ……」

西本が言った。「いちいちお願いしなくてもいいんだってば」


倉島は、殺されたミハイル・ペルメーノフが、事件の直前に会っていたという、編集者を訪ねてみることにした。

午前中に、神田神保町の出版社に来てみたが、まだ出社しておらず、おそらく午後になるという。倉島は驚いた。

役所勤めから見れば信じられない。

警察官なのだから、たいていのことは知っているつもりだったが、出版社の社員が堂々と午後出社をしてかまわないのだということを、初めて知った。

少し早めだが、昼食を取って時間をつぶすことにした。洋食屋に入り、ハンバーグ定食を注文する。ボリュームがあり、味も悪くない。

食事を平らげても、まだ時間がある。コーヒーを注文してゆっくりと新聞を読んだ。そのうちに、店が混み出して、食事が済んだ倉島は、居心地が悪くなった。

店を出て出版社に戻り、編集部で待たせてもらうことにした。そこでも、新聞を読みつづける。

ミハイル・ペルメーノフが殺害された記事が出ている。ロシア人が国内で殺害されたことは、衝撃的なことらしく扱いは大きかった。

ペルメーノフは、ジャーナリストと書かれている。もちろん、スパイだったことには一言も触れていない。記事を書いた記者も知らないに違いない。

高木英行、野田誠司の事件との関連にも触れていない。まだ発表がないのだ。新聞記者は憶測では記事を書かない。

というより、警察が発表した事実しか記事にしない。それは、慎重で公正な態度に見えるが、事なかれ主義でもある。

その点、週刊誌やスポーツ新聞のほうがジャーナリストとしての根性が座っていると思うことがある。

編集者がちらほらと出社してきて、応接セットのソファに座っている倉島のことを気にしている。警察官というのは、独特の雰囲気を持っているといわれる。

本人はわからないが、他人から見れば自分もそういう雰囲気を持っているのかもしれないと、倉島は思った。

「えーと、警察の方だそうですね」

黒いジャケットにジーパン、白いシャツにノーネクタイの男が脇に立っていた。髪を短く刈っている。

「そうです」

「酒井です」

倉島は立ち上がった。

酒井《さかい》秀則《ひでのり》。生きていたペルメーノフが、最後に会った編集者だ。

「私にご用だそうで……」

「すいません。少しお話をうかがえればと思いまして……」

「昨日、警察の人には全部お話ししましたよ」

明らかに迷惑そうだ。気持ちは理解できる。警察の捜査員に、入れ替わり立ち替わりで何度も来られたのでは、仕事にも支障を来すだろう。

「すいません。お手間は取らせませんので……」

「何が訊きたいんです?」

「ミハイル・ペルメーノフさんとは、どういうお知り合いだったのですか?」

「ああ、ある作家のインタビューを、うちに申し込んで来たんです。それが知り合うきっかけですね」

「その作家さんというのは……?」

酒井は、名の売れた小説家の名前を言った。経済小説で有名な作家だ。いかにも、ペルメーノフが興味を持ちそうな相手だ。

「ペルメーノフは、直接その作家さんではなく、なぜこちらにインタビューを申し込んだのでしょう?」

「よくあることですよ。うちから出た本を読んだのでしょう。私が担当だから立ち会いましたよ。作家にもそうしてくれと言われましたしね」

「一昨日も、その作家さんがごいっしょだったのですか？」

「いや、僕とペルメーノフだけでした。インタビューがきっかけで知り合ったのですが、なかなか面白いやつで、その後何度かいっしょに飲みに出かけたのです。ペルメーノフも、銀座の文壇バーなんかに興味を持っていたようです」

「文壇バー？」

「今では、あまり聞かなくなりましたが、なくなったわけではありません。主に、作家や編集者が飲みに行くミニクラブのような店ですね」

「一昨日も、そういうお店に……？」

「そうです。銀座で二軒回りました。両方とも八丁目で、並木通りにある店と、西五番街にある店です」

倉島は、店の名前を聞いてメモした。それを見て、酒井はちょっと嫌な顔をした。警察官が何かをメモすると、たいていの一般人は同じような表情をする。

「ペルメーノフさんとは、何時から何時まで会っていましたか？」

「最初の店で、九時に待ち合わせしました。僕は仕事の都合で、三十分ほど遅れましたが、もう何度か行っている店だったので、女の子がペルメーノフの相手をしてくれていました。次の店に移動したのが、十一時頃。十二時を過ぎた頃、ペルメーノフが先に帰ると言って店を出ました。おそらく電車で帰ったのだと思います。僕は、通りでタクシーが拾える一時まで店にいました」

銀座の特定区間は、夜の十時から午前一時までは、乗り場でしかタクシーに乗れない。

初動捜査の結果、ペルメーノフの死亡推定時刻は夜の十一時から午前一時頃だということだった。酒井の話からすると、十二時までは生きていたことになる。その後、電車でまっすぐ自宅に向かったとすると、殺害されたのは、十二時半前後というところだろう。

「ペルメーノフさんに、何か変わった様子はありませんでしたか？」

酒井は、うんざりした表情になった。

「昨日来た刑事さんにも同じことを訊かれましたよ」

「それで……？」

「別に変わった様子なんてありませんでしたよ。いつもと同じです。まあ、いつもと同じということは、多少ミステリアスだということですけどね」

ロシア人については、多くの場合そういう印象を受けるようだ。西洋人は、表情豊かだという先入観があるせいかもしれない。たいていのロシア人は、日本人同様に感情をあまり表に出さない。

「誰かとのトラブルを抱えているようなことは言っていませんでしたか？」

「いいえ。そういう話は聞いたことがありませんね」

「いつも、どんな話をされたのですか？」

「いろいろですよ。酒飲み話ですからね。でも、やはり日本の出版界の話をすることが多かったですね」

「何か、特別な話を、あなたにしませんでしたか？」

酒井は、不意をつかれたように、きょとんとした。

「それは、どういう意味です？」

「何か、秘密を知っているとか……」

「いいえ」

酒井は、怪訝な表情になった。「つまり、ペルメーノフは何かの秘密を握っていたから殺されたのだということですか？」

「そうは言っていません」

倉島は、藪蛇になるのを恐れた。

相手は編集者だ。さまざまな知識を持っており、好奇心も旺盛なはずだ。

「僕とペルメーノフは、ただの飲み友達ですよ。ときにはロシアンパブなんかに繰り出して、通訳してもらうこともありました。重大な秘密を打ち明け合うというような仲じゃないんです」

倉島はうなずいた。

「念のためにうかがっただけです」

実際、この聞き込みにあまり期待はしていなかった。白崎が行ってこいというので、来てみただけだった。

そろそろ引け時かと思っていると、酒井が言った。

「ペルメーノフの彼女には会ってきたんですか？」

倉島は驚いたが、それを顔に出すまいとして言った。

「付き合っている女性がいたのですか？」

「ええ」

「ロシア人ですか？」

「いえ、日本人です」

「名前や連絡先をご存じですか?」

「知っていますよ」

うれしい誤算だった。

倉島はそれを聞いてメモした。親しい女性ならば、つい他人に言えないようなことも洩らしてしまう可能性がある。

倉島は、酒井に礼を言って、出版社を出た。


ペルメーノフが付き合っていた女性の名は、臼井小枝子《うすいさえこ》。何度かいっしょに飲んだことがあるので、酒井は携帯電話の番号を知っていた。

倉島は、公衆電話を探した。地下鉄の神保町駅で見つけてかけた。

「はい……」

怪訝そうな声が聞こえる。公衆電話と表示されると、たいていの人間はこういう反応を示す。

「臼井小枝子さんですか?」

「そうですが……」

「警視庁の倉島と言います。ペルメーノフさんのことで、お話をうかがいたいのですが……」

「本当に警察の方ですか?」

「ええ、間違いなく……」

「確かめる方法はありますか?」

「警視庁の公安部外事一課に電話をして、倉島という係員がいるかどうか尋ねてみてください」

「いいわ。聞きたいことって何？」

実際に、警視庁にかけてみる者は少ない。ここまで言えば、だいたい信用される。臼井小枝子もそうだった。

「電話では落ち着いて話ができないので、会ってお話ししたいのですが、ご都合はいかがですか？」

「電話で済ませられないんですか？」

いかにも迷惑そうな口調だ。

「すいません。お願いします」

しばらく間があった。考えているのか、スケジュール帳か何かを見ているのだろう。

「夕方から用事があるので、それまでならば……」

「すぐにうかがいます。どこに行けばいいでしょう」

「自宅の住所を言うわ」

渋谷区笹塚だった。倉島は、地下鉄で向かった。


マンションのドアを開けた瞬間、倉島は来なければよかったと思ってしまった。臼井小枝子は、それくらいにやつれて見えた。

髪は乱れている。化粧っけがなく、目の下にくまができている。眼が赤い。

スウェットの部屋着のままだった。明らかに、何もする気力がない様子だ。

ペルメーノフが殺されたことがこたえているのだろう。

「ペルメーノフさんのことは、お悔やみ申し上げます」

「入って。散らかってますけど……」

「すみません。こんなときに……。でも、お話を聞いておかないと……」

「いいんです。さ、始めてください」

二人とも入ってすぐの台所で立ったままだった。それでもかまわないと、倉島は思った。

まず、年齢と職業を尋ねた。

三十二歳。フリーライターだという。

「酒井さんから、あなたとペルメーノフさんが親しかったとうかがいました」

「知り合いでした。かなり親密だったと言っていいと思います」

「お付き合いされていたということですね」

「ええ。彼は結婚したことがあって、ロシアには娘がいるということだけど、離婚して独りでしたから……」

「お付き合いされてどれくらいでした？」

「そう……。半年くらいでしょうか……」

「どういうきっかけで知り合われたのですか？」

「フリーのジャーナリストなどの情報交換会のような集まりがあるんです。まあ、はっきり言えば飲み会ですけど……。そこで知り合いました」

「彼の仕事の内容をよくご存じでしたか？」

「知っていたと思いますけど……。ロシア文芸ジャーナルという新聞の記者でしょう？　日本の文学など文化的なことを取材していました」

倉島はうなずいた。隠し事をしたり、誤魔化したりしている様子はない。彼女は、本当にペルメーノフのことをただのジャーナリストだと思っていたようだ。

ここで彼がスパイだったなどと告げる必要はない。

「彼はロシアの話などはしていましたか？」

「ええ、故郷の話はしていましたね。ミーシャは、モスクワ生まれのモスクワ育ちだと言っていました」

ミーシャというのは、ミハイルの愛称だ。

「日本でのロシアの友人の話などは……？」

「いいえ。ミーシャは、他のロシア人たちと会っている様子はありませんでした。主に日本人と付き合っている様子でした」

「他のロシア人といっしょにいるところを見かけたことは……？」

「記憶にありません」

「そうですか」

「ねえ、刑事さん」

正確にいうと、倉島は刑事ではない。だが、私服の警察官のことを、一般に刑事と呼ぶので、倉島はこだわらずにこたえた。

「何です？」

「これって、殺人事件の捜査なんですよね？」

「そうですが、どうかしましたか？」

「質問の内容がそれらしくないな、と思いまして……」

「そんなことはありませんよ。私は捜査上必要なことをお訊きしているのです」

「どうして、ミーシャのロシア人の知人にこだわるのですか？」

なかなか鋭い質問をしてくる。

「日本人の交友関係はそれなりにわかっているのですが、ロシア人社会での交友関係が今一つはっきりとしないんですよ」

「先ほども言いましたけど、ミーシャは、ロシア人社会とはあまり関わりを持っていませんでした。日本の社会に溶け込もうとしていたのです」

「なるほど……」

「刑事さん」

「はい」

「ミーシャを殺したのは誰なんです？　なぜ、ミーシャは殺されなければならなかったのです？」

「わかりません。それを捜査しているのです」

「ミーシャを殺したのはロシア人なのですか？」

「どうしてそう思うのです？」

「刑事さんが、ロシア人の知り合いについて質問されたからです」

「言ったでしょう。深い意味はないんです」

臼井小枝子が何か言おうとした。そのとき、チャイムが鳴った。訪問者のようだ。

「はい」

臼井小枝子がドア越しに声をかける。

「警察ですが、ちょっとよろしいですか？」

彼女は、怪訝そうに倉島を見た。倉島は何も言わなかった。

小枝子がドアを開けると、二人の男が立っていた。見覚えがある。大崎署の講堂で見かけた男たちだ。一人は警視庁捜査一課の刑事だ。もう一人は大崎署の捜査員に違いない。

二人は、倉島を見た。捜査一課の刑事のほうが言った。

「お客さんですか？」

臼井小枝子がこたえた。

「刑事さんでしょう？」

「刑事……？」

倉島は、玄関で靴をはいた。捜査一課の刑事を見て言った。

「公安部外事一課の倉島です」

一瞬の沈黙。

「やれやれ……」

大崎署の捜査員が言った。「公安主導ってのは、こういうことですか。知らないうちに、公安が先回りしている」

やはり、大崎署の特捜本部が、公安主導になったということだろうか。

捜査一課の刑事は何も言わない。だが、倉島を見る眼差しに温かみは微塵もなかった。

「公安……？」

臼井小枝子が倉島に言った。「どういうこと？」

「自分は公安部の捜査員です」

「なぜ公安が……？」

「外国人が殺害された場合には、公安が動くことは珍しいことじゃありません。特にロシア人の場合はね」

臼井小枝子は何も言わずに、倉島を見返していた。

「ご協力ありがとうございました。後は、刑事に引き継ぎますので……」

倉島はそう言うと、二人の刑事の前を通って臼井小枝子の部屋を離れた。

13

夕刻に、警視庁に戻った。

もはや、赤坂署や成城署に顔を出す必要はないと思った。今は、コソラポフから聞き出したアンドレイ・シロコフという人物の解明が最優先事項だ。

席に着くと、すぐに西本がやってきて小声で告げた。

「アンドレイ・シロコフの素性がわかったぞ」

倉島は、西本の顔を見上げた。

「一九四七年生まれ。十七歳で陸軍に入隊。ソ連崩壊前は、極東ソ連軍の特殊部隊に所属していた。ソ連崩壊後は、将校となり、チェチェン戦争を経験した。その後、またハバロフスクに戻ったが、すでに退役したと見られている」

「一九四七年生まれ……」

倉島は、計算した。「今、六十一、二歳ということか?」

「そうだ。これで入国者のリストをかなり絞り込むことができる」

「特殊部隊に所属していた……」

「いわゆるスペツナズだろう」

「ならば、暗殺の技術には長《た》けているな」

「当然だな」

「じゃあ、やはりこのシロコフが連続殺人の犯人ということか?」

倉島がそう言うと、西本は肩をすくめた。

「ただの殺人犯じゃない。テロリストだよ」

「それにしても、六十代とは……」

「特殊部隊の訓練を積んでいたら、そのくらいの年齢は問題にはならない」

倉島は、西本が言ったことを考えてみた。たしかにそうかもしれない。

「白崎さんに、そのプロフィールを伝えてくれ」

「もう伝えてあるよ」

西本が倉島の席を離れていった。「もう少し、何かわかるかどうか探ってみる」

さすがに西本だ、と倉島は思った。あっという間にこれだけのことを調べだした。

倉島は、シロコフのプロフィールについて考えていた。

筋金入りの軍人のようだ。退役した後に、どういう生活を送っていたのだろう。いや、本当に退役したのだろうか。

もし、シロコフが三件の殺人事件の犯人だとしたら、彼は何を目的としているのだろう。単なる殺戮《さつりく》とは思えない。何か理由があるはずだ。

シロコフを雇った人物がいるということも考えられる。だが、シロコフ自身が首謀者という可能性も浮上してきた。理由は彼の年齢だ。

倉島なら、もっと若い殺し屋を雇うだろう。そのほうが仕事が確実だ。

そして、コソラポフがシロコフの名前を倉島に教えたという事実も、今考えると、首謀者がシロコフ自身であることを物語っているような気がした。

だが、思い込みは禁物だ。まだ、首謀者が別にいる可能性もある。シロコフが誰かに雇われた可能性と本人が首謀者である可能性は五分五分だと、倉島は思っていた。

にわかに、周囲があわただしくなったのを感じた。上田係長が、外事一課長の下平透に呼ばれて席を立ったのが見えた。

何事だろう……。

倉島は、さりげなく周囲を見回していた。上田だけではない。係長たちが課長の部屋に向かっていた。

白崎が資料を手に、近くを通りかかった。彼も、周囲のざわめきに気づいた様子だ。

倉島は、白崎に言った。

「何事でしょう?」

「ああ、合同捜査本部の準備だろう」

「合同捜査本部?」

「知らないのか? 赤坂署、成城署、大崎署の特捜本部が統合される。赤坂署に合同捜査本部を置き、成城署、大崎署の特捜本部は、そのまま前線本部となる」

「それが一番合理的ですね」

「大崎署の事案が、ほぼ同一犯と断定されたので、連続殺人事件として一括して捜査することになったわけだ。そして、合同捜査本部を仕切るのは公安部だ」

先ほど、大崎署の捜査員が言っていたのは、そういうことだったのか。

「それで、急に慌ただしくなったんですね」

「ああ。捜査員が、三個班送り込まれる」

一班がだいたい十二名程度だ。三十六人ほどの公安捜査員が送り込まれるということだ。公安部主導といっても、公安部だけで殺人の捜査ができるわけではない。

殺人事件はあくまで刑事事件だ。おそらく本庁の刑事部からは、公安部とほぼ同数の刑事が送り込まれることになるだろう。

そこがややこしいところだ。公安部主導となると、どうしても刑事たちのやる気が削がれることになる。

だが、それは倉島が気にすることではない。考えなければならないことは他にある。

「西本から、シロコフのプロフィールを聞きましたね？」

「ああ、聞いている。それによって、ロシア人入国者を絞り込んでいる。とりあえずはここ一ヵ月くらいで見ようと思うが……」

「それでいいと思います」

「リストは後で渡す」

「編集者の酒井に会ってきました」

「それで……？」

「彼は、特別なことは何も知らないようです」

「ま、そうだろうな……。自分がスパイだってことを、日本の友人に言うはずもない」

「ペルメーノフが付き合っていた女性がいることを、酒井が教えてくれました」

「ほう……」

白崎も初耳だったらしい。

「臼井小枝子、三十二歳。フリーライターです」

倉島は、彼女の住所と電話番号を教えた。

「わかった」

白崎は事務的に言った。「俺のほうでもチェックしておく」

「はい」

白崎が自分の席に戻っていった。

しばらくすると、係長が戻って来た。すぐに、倉島が呼ばれた。

「合同捜査本部のことは聞いているか?」

「はい。白崎さんから聞きました。公安部から三個班が送り込まれるようですね」

「おまえたちは、捜査本部には行かなくていいから、そのままシロコフのことを捜査しろ」

「シロコフのプロフィールの一部が明らかになりました」

倉島は、西本から聞いた内容を係長に報告した。

「わかった」

上田係長は、一言そう言っただけだった。

倉島は、深夜まで本庁で仕事をした。これまでわかったことを、シロコフの名を冠したファイルに書き込んでいった。

一方で、ペルメーノフのファイルも作成して、酒井や臼井小枝子のことを書き込んでおいた。

白崎からもらったメモにあった三人のロシア人の名前を付けたファイルは、削除しようかとも思った。事件との関わりはないと考えていい。白崎もそう思っているだろう。だが、とりあえず、そのままにしておくことにした。

シロコフの名前をインターネットの検索に打ち込むことはひかえたが、周辺情報を調べることは問題ないと思った。

まず、極東軍について調べてみた。

極東軍管区は、ソ連およびロシア連邦の極東地域における軍事行政単位で、統合部隊だ。

その歴史は、一九一八年を起点とする。

一九二〇年二月には、ロシア共産党とロシア・ソビエト連邦社会主義共和国人民委員会議の決定により、極東共和国が建国された。

同時に赤軍に準じる人民革命軍が組織された。

一九二二年十一月十六日、全露中央執行委員会幹部会は、極東をソビエト・ロシアの一部であると宣言した。人民革命軍は、第五赤旗軍に改称されたが、一九二四年六月、この第五赤旗軍は解散され、所属部隊はシベリア軍管区に編入された。

その後も、何度か改編や改称が繰り返され、一九三八年、極東戦線となった。

第二次世界大戦において、極東戦線は、部隊編成・兵員訓練のための後背地として機能し、極東から送られた部隊は、モスクワの防衛等において活躍した。

一九四五年春のドイツ降伏後、第一極東戦線と第二極東戦線が編成され、その年の八月八日のソ連対日宣戦布告と共に、満州、南樺太、千島列島へ侵攻した。

一九五三年四月二十三日、極東総司令官局によって極東軍管区の再編が行われ、旧極東・旧沿海軍管区は軍級部隊となり、ザバイカル軍管区が独立した。

極東軍管区は、一九九五年からチェチェン共和国に部隊を派遣した。

大まかな記録だが、それをファイルにコピー・アンド・ペーストした。

その他の周辺情報もインターネットで調べたが、それほど役に立ちそうな気はしなかった。

さすがに疲れてきた。昨夜も、休もうと思っているところに、コソラポフから呼び出しの電話があったのだ。

おかげで重要な情報を得られたのだが、休息の時間を奪われたことも事実だった。今日は、このへんで引き揚げてもバチは当たらないだろう。

午前一時を過ぎた頃、一斉の無線が部屋に流れた。ちょうど仕事を終えて、帰ろうと思っていたところだった。

府中市内で、男性が死亡しているのが見つかったという知らせだ。

警察官だからといって、一斉の無線にいちいち関わっていては、いくつ体があっても間に合わない。その無線を無視して、席を立とうと思った。

真剣に無線を聞いていなかった。府中市内在住の男性らしく、すでに身元が判明しているようだった。

突然誰かが立ち上がったのに気づいた。西本だった。

倉島は、その表情を見て驚いた。

西本は、茫然とした顔で立ち尽くしている。そんな西本は見たことがなかった。彼は、いつも自信たっぷりで、超然としている。

その西本が、我を忘れた様子で宙を睨んでいる。倉島も、身動きを止めてその姿を見つめていた。

しばらくして、西本が無線を聞いているのだと気づいた。

無線の声が終了すると、西本は受話器を取ってどこかにかけていた。内線だ。おそらく、通信指令本部に、今の無線の内容について確認を取っているのだろうと、倉島は思った。

倉島は、迷った末に西本に近づいた。受話器を置いた西本に声をかけた。

「どうした?」

西本が、はっと倉島のほうを見た。その仕草も西本らしくない。明らかにうろたえていることがわかる。

「やられた……」

西本が、つぶやくように言った。それから、周囲を見回した。自分が立っていることにようやく気づいたという様子で、椅子に腰を下ろした。

倉島は、その脇に立った。

「いったい、何があった。今の無線がどうかしたのか?」

西本は、唇を噛んでいる。机の上で、両手の指をせわしなく動かしていたが、やがて、落ち着きを取り戻してきた。

一つ大きく深呼吸をすると、西本は言った。

「殺されたのは、俺の協力者の一人だ。府中にある国立大学のロシア語学科の教授だ」

公安の捜査員が、大学教授を協力者にすることは珍しくはない。

大学の独立を重んじるという理想主義的な研究者などは、警察を敬遠する傾向が強い。学生運動を経験した世代にそういう考え方の人が多い。

だが、一方で、互いに利用価値があるのだからと、割り切って考える人々がいることも事実だ。警察官にとって、大学の研究者の専門知識はおおいに役に立つ。法医学はその最たるものだ。大学の法医学教室なしでは、検視は成り立たないのだ。

また、あまり馴染みのない国の言語を研究している学者も頼りになる。警察が関わる外国人は、英語やスペイン語というメジャーな言語を話す人々ばかりとは限らない。

ロシア語も、どちらかというと、日本人にはあまり馴染みのない言葉だ。倉島にも、ロシア語を研究する学者の知り合いは何人かいる。

西本にも、そういう協力者がいて不思議はない。その中の一人の遺体が発見されたということだろう。

それくらいのことで、これほど動揺するのか……。

倉島は、意外に思っていた。

警察の無線で流れるからには、変死ということなのだろう。協力者が変死するというのは、たしかに衝撃だろうが、西本がこんな反応を見せたことに、驚いていた。

「それは、残念なことになった……」

倉島は言った。「お悔やみを言うよ」

西本は、倉島を見た。その責めるような眼差しに、思わずたじろいでしまった。

「何だ……」

倉島は言った。「俺が何か失礼なことを言ったか？」

「あんただって、他人事じゃないんだぞ」

西本のこの言葉に、倉島は眉をひそめた。

「どういうことだ？」

「わからないのか？」

西本は、再び周囲の様子をうかがった。それから声を落として言った。「遺体で見つかったのは、俺がアンドレイ・シロコフについて調査を依頼した相手だ」

倉島は、思わず奥歯を嚙みしめていた。

西本がうろたえた理由が、ようやく理解できた。たしかに、西本が言うとおり他人事ではない。

「消されたということか……」

「間違いない。今、通信指令本部に電話して確認した。その協力者は、鋭利な刃物で心臓を一突きされていたということだ」

倉島は、一瞬言葉を吞んだ。

「四人目の被害者ということか……」

西本がうなずいた。

「同一人物の犯行だろう。おそらく、インターネットの検索サイトに、アンドレイ・シロコフの名前を打ち込むか何かしたのだろう」

倉島は、ぞっとした。

もし、それをやっていたら、死体になっていたのは自分だったかもしれない。そう思ったのだ。

「それを察知されたというのか……。それは、エシュロン並の情報収集能力と解析能力がなければ不可能だ」

エシュロンというのは、アメリカ合衆国が中心となって、軍事目的で構築した通信傍受システムだ。

巨大なアンテナを並べた施設により、無線や電話から、インターネットメールまでありとあらゆる通信を監視していると言われている。

エシュロンでは、ある特定のキーワードを設定することで、それを含む通信の内容をすべて洗い出すことができるといわれている。

西本が、ちょっと蔑むような眼差しで倉島を見た。いつもの西本に戻りつつある。

「そうでもないさ。不特定多数の通信を傍受して解析するのはたいへんだ。だが、特定の人物の通信を傍受するのはたやすい」

たしかに西本が言うとおりかもしれない。盗聴もそうだ。そして、インターネットも今や盗聴や漏洩の危険に常にさらされていると考えなければならない。

多くの家庭でも無線ＬＡＮを設定している。無線を使う限りは、盗聴や漏洩の危険から逃れることはできないのだ。

「その教授が、誰かに監視されていたという意味か？」

「俺の協力者であることが、何者かに知られていたのかもしれない。ロシア語の研究家だったから、ロシア大使館の連中とは面識があってもおかしくない」

つまり、西本は、その教授がロシアの何者かに監視されていたかもしれないと言っているのだ。

「そんな人物に、アンドレイ・シロコフに関する調査を依頼したのか？」

つい、非難めいた口調になってしまった。西本は、むっとした顔になってこたえた。

「今になって考えれば、という話だ。俺だって、まさか、そいつがロシア人に監視されているなんて思ってもいなかったよ」

西本は、間を取って付け加えた。「たしかに、うかつだったかもしれないがな……」

「府中に向かう捜査一課の連中に便乗しよう。初動捜査に加われるだろう」

倉島がそう言うと、西本はうなずいた。

「まず、係長に連絡しないと……」

さすがの西本も気が重そうだった。協力者に、危害が及ぶことは、充分に予想できたことだ。その対策を講じなかったことは、明らかに西本の落ち度なのだ。

公安捜査員は、そこまで考えなければならない。

気を抜けば、今回のように誰かが死ぬことになる。それが自分自身かもしれない。

西本が机上の電話で係長にかけ、報告を始めた。それを聞いている気になれず、倉島は西本の席を離れた。

捜査一課に便乗できるかどうか聞いてみようと思った。今は、余計なことを考えずに、とにかく府中に行ってみよう。

また、眠れない夜になりそうだ。

14

住宅街の駐車場だった。

府中の殺人現場だ。おそらく、夜になるとぱったりと人通りが途絶えるに違いない。近くには商店街もない。

京王線府中駅から徒歩で二十分もある。遺体が発見されたときは、近くにある車のエンジンフードがまだ温かかったそうだ。

その車は、被害者のものだった。駐車場で待ち伏せされて、降りてきたところを殺害されたということのようだ。

遺体の第一発見者は、近所の住民だ。マンションに住む学生で、駅前で飲んだ帰りに駐車場に人が倒れているのに気づいたという。

殺人現場の雰囲気は、倉島にとってもすでに馴染みのものになっていた。

パトカーの回転灯がブロック塀や住宅の壁に赤い光を投げかける。黄色いテープが張られ、その中で、鑑識係員がさかんにストロボを光らせる。

番号が書かれた札が地面に並べられ、あらゆる遺留品と被害者の遺体がチョークで囲まれていた。

駐車場に駐車している車両は五台。そのうちの一台が被害者の国産大衆車だ。鑑識係員がすべての車両から指紋を採取しようとしている。

別の鑑識係員は、足跡を採取しようとしていた。駐車場の地面は、アスファルトなので、どの程度の足跡が取れるか、倉島にはわからない。

鑑識係員も捜査員も、まるで何かの儀式を執り行うように、手慣れており、なおかつ神妙な態度だった。捜査員同士の会話も、ひそひそとどこか秘密めいている。

駐車場には街灯が一つあるだけで、周囲は暗い。警察の投光器が捜査員や鑑識係員たちの影を地面に作り出す。

それを見ていると、ますます何か秘密めいた儀式が執り行われているような気分になってきた。

倉島の隣では、西本がじっと初動捜査の様子を見つめている。いつもの西本の、どこか人を食ったような態度は影をひそめている。

彼は、ここに来る間もずっと無口だった。

上田係長に何を言われたのか、倉島は知らない。だが、係長が厳しく叱責したとは思えない。そういうことをする上司ではない。しゃべらせておいて、自分で責任を感じるようにし向けるのが、係長の手だ。

むしろ、怒鳴られたほうが楽かもしれない。たしかに、西本は責任を感じているようだ。

協力者が、自分のミスで殺されたのだから当然だ。

実は、被害者である土師《はじ》友則《とものり》という大学教授の不注意なのだが、公安マンにとっては、それは言い訳にはならない。

あらゆる危機を想定して、それに対処しておかなければならない。

だから、ペルメーノフが殺されたとき、白崎も沈んでいたのだ。二人とも、公安マンとしての責任を感じていたのだろう。

今のところ、倉島は彼らのような立場には陥っていない。それは、倉島が用心深いとか優秀だとかいうことではなく、単に運がいいだけなのかもしれない。

あるいは、ロシア大使館のコソラポフや、通商代表部のタチアナのように、協力者が本当の危機を知っており、用心深いせいかもしれなかった。

「えーと、本庁の人？」

背後から声をかけられた。

倉島と西本は同時に振り向いた。中年の見るからに刑事らしい男が立っていた。所轄である府中署の捜査員だろう。年齢からして、管理職かもしれない。

倉島がこたえた。

「はい。でも、捜査一課じゃありません。公安の外事一課です」

中年捜査員は、怪訝な顔をした。

「公安が、何で……？」

殺人など刑事が担当する事件の現場にやってくると、必ずされる質問だ。

西本がこたえた。

「自分の個人的な知り合いかもしれないと思ったんです」

「個人的な知り合いね……」

疑わしげな眼差しだ。「それで、どうなの？　知り合いだったの？」

西本はうなずいた。

「知っている人でした」

「身元は、所持していた免許証や名刺から判明している。土師友則という名の、大学教授だ」

「間違いありません」

「ロシア語が専門だったようだな」

「はい」

「何か知っていることがあったら教えてほしいんだがな」

頼んでいるというより、強要しているような口調だった。

倉島は西本の顔を見た。

西本は、じっと遺体のほうを見つめているだけだ。すでにシートがかけてあった。

中年捜査員がもう一度言った。

「何か知ってることはないのか？」

西本が言った。

「いえ、知人がこんなことになって、ただ驚いているだけです」

「どういう知り合いだったんだ？」

「新宿の飲み屋で知り合ったんですよ」

これは本当のことかもしれない。

土師の行動を張っていて、新宿で声をかけたのだろう。飲み屋で知り合うというのは、情報源や協力者を得る常套手段だ。

「ロシア語が専門だったんだな？」

中年捜査員は確認するように繰り返した。

「そうです」

「連続殺人事件があった。被害者は、さまざまな形でロシアと関わっていた。三件目の被害者はロシア人だった」

中年捜査員は、視線をシートがかけられた被害者のほうに向けた。「そして、この事件だ。ロシア語の教授……。これが、第四の事件だと考えるのが妥当だろう。いったい、何が起きているんだ？」

西本は何も言わない。

倉島が代わって発言した。

「この事案が、連続殺人の一つだと性急に結論づけないほうがいいと思いますよ」

中年捜査員は、倉島を睨んだ。

「俺たちだって、ばかじゃないんだ。それなりにちゃんと頭を使っているんだよ。まず、過去の三件と手口がよく似ている」

「どんな手口だったんです？」

「鋭利な刃物で一突きだ」

「一突き？」

「いや、まあ、そいつは言葉のアヤで、実際には、二ヵ所の刺創がある」

「二ヵ所だけなんですか？」

「二ヵ所だけだ」

たしかに、過去の三件と手口では共通している。

「目撃者は？」

「今のところ、一人もいない」

その点も、同様だ。

「凶器が同一かどうかの正式な報告を待ったほうがいいですね」

倉島は、いちおうそう言ってみたが、すでに、シロコフの犯行であることを疑ってはいなかった。

中年捜査員は、倉島と西本を交互に見て言った。

「過去三件の事案のときも、公安の捜査員が必ず姿を見せていたと聞いている。連続殺人の犯人は何者なんだ？　何のために殺しを続けているんだ？」

「わからないんです」

倉島が言うと、中年捜査員は一歩詰め寄ってきた。

「わからないという話があるか。俺たち刑事に殺人の捜査をやらせておいて、陰で何かを嗅ぎ回っているんだろう？　知ってることを話せよ」

口調が変わった。明らかに詰問口調だ。

西本がいつもの雰囲気を取り戻した。相手を小ばかにしたような態度だ。

「もちろん、陰で嗅ぎ回っているよ。あんたらが、土足でどこでもどかどかと踏み込むような真似をするから、こっちは苦労してるんだ」

これは、刑事に対する公安マンの本音だが、現場で本人を前に言うことではないと、倉島は思った。

中年捜査員は、案の定怒りの表情になった。

「おまえらが、知っていることをちゃんと話してくれれば、捜査はもっと進展するんじゃないのか？　どうして、俺たちの捜査を邪魔するようなことをするんだ？」

「せっかく長い時間をかけて内偵したようなデリケートな事案を、そっちが台無しにするからだ」

「ふざけるな。この連続殺人の犯人は何者だ？　しゃべるまで帰さないぞ」

倉島は、割ってはいることにした。

「自分たちは、何もあなた方の邪魔をしているわけではないんです。あなた方と同じく捜査をしているのですよ」

「だから、情報をよこせと言ってるんだ」

「情報は特捜本部などで共有しているつもりです」

「充分とは思えない」

「あなた方にだって、捜査上の秘密はあるでしょう」

「公安ほどじゃないな」

「公安が、重要なことを知っていて、それを秘密にしている、などというのは誤解です。ほとんど都市伝説みたいなもんですよ」

「ふん。そうだといいがな……」

倉島は、シロコフのことを知っていながら刑事たちにその存在を知らせていないことに、多少の後ろめたさを感じていた。

そんな感情を抱くこと自体が、公安捜査官として失格かもしれないと思った。

「土師教授について、知っていることなら、何でも話すよ」

西本が言った。

懐柔策に出たのだろうか。刑事と対立していいことなど一つもない。そのことを思い出したのかもしれない。

あるいは、犬に餌を投げてやるような気持ちなのかもしれない。

「そいつはありがたいな」

中年捜査員は、まったくありがたくなさそうな口調で言った。

「ところで……」

西本が言った。「あんた、何者だ？」


倉島たちに声をかけてきた中年捜査員は、府中署の部長刑事だった。二人は、強行犯係長のところに連れて行かれた。

係長の名前は、篠崎。これも中年で、ベテラン捜査員独特の鋭い眼をしている。相手を咎めるような眼差しを向けてくる。

長い間警察官をやっていると、自然とこういう目つきになってしまう。もしかしたら、自分もそうなのかもしれないと、倉島は思った。

「被害者と知り合いだったのは、どっちだ？」

篠崎係長が尋ねた。

「自分です」

西本がこたえる。

「どういう知り合いだったんだ？」

「ときどき会って飲む……。そんな関係です」

「あんた、外事一課だな？」

「そうです」

「被害者は、協力者だったのか？」

西本があっさりと認めた。

「ブレーンの一人でした」

おそらく、先ほどの部長刑事に対して反抗的だったのは、態度が気に入らなかったからだろう。

「過去三件の連続殺人と手口が酷似している。これが四件目の事件だと思うか？」

「思います」

「被害者は、今回の件に何らかの関係があったのか？」

「連続殺人に関して、情報収集を依頼していました。ご存じのとおり、すべての事案がロシアと何らかの関係があります。被害者は、ロシアのホームページなどから情報を収集していたものと思われます」

篠崎係長は、眉間にしわを刻んで何事か考えていた。しばらくして、言った。

「情報収集の過程で、連続殺人の犯人と関わりがあり、それで殺された……。そういうことだろうか？」

　西本は、西洋人のように肩をすくめた。

「それは、自分にはわかりかねます」

「被害者はいったい、何を調べていたのだろうな」

「ホームページに記載されているようなことですから、たいしたことではないと思います」

「たいしたことではない……？　なのに、殺されたのか？」

「一般人にとってたいしたことでなくても、特殊な人々にとっては知られたくない事実というものがあるのかもしれません」

　篠崎係長は考え込んだ。

「それは、例えばどのようなことだ？」

「さあ、自分は一般論を言っているだけです」

「被害者から、どのような報告を受けていたんだ？」

「まだ何も……。報告を受ける前に、こうなってしまったわけで……」

　西本は、平然と嘘をついた。あまりに堂々としていたので、倉島も本当だと思ってしまいそうだった。

　西本にシロコフの素性を教えたのは、土師に違いない。シロコフについて探っていることが、本人かもしくは本人の周辺にいる誰かに知られ、それが理由で消されたのだ。

　だが、今はまだシロコフのことを刑事に教えるべきではない。シロコフの目的を知ってからでも遅くはない。

西本はそう考えているのだろう。倉島も同様だった。

今、刑事たちに、シロコフの身柄を確保されたくなかった。六十一、二歳という年齢にもかかわらず、鮮やかな手口で殺人を繰り返している事実を考えても、筋金入りの暗殺者であることがわかる。

特殊部隊出身というのは伊達ではないのだ。

身柄確保されて尋問を受けても、何もしゃべらないだろう。おそらく拷問をしても無理だ。警察の取り調べくらいでしゃべるはずがない。

だが、このまま放っておくわけにもいかない。さらに被害者が増える恐れがある。

シロコフの目的を知るにはどうしたらいいのだろう。その方策がわかれば、シロコフの身柄など刑事たちに任せてしまえばいい。

「わかった」

篠崎係長は言った。「わざわざ現場までごくろうだったな」

倉島は西本とともに、現場を離れた。すでに午前三時近い。昨夜もあまり寝ていない。倉島は、さすがに疲れ果てていた。

「これからどうする?」

倉島は西本に尋ねた。

「土師が、誰にどうやって監視されていたのか探ってみる」

「今日これからどうするかと訊いてるんだ」

「そんなことを、あんたに報告する義務はないな」

「そういう言い方をするから角が立つんだ」

「角が立とうがどうしようが、俺は別に気にしていない」

西本はそういうやつだ。だが、倉島は彼を嫌いではなかった。そういうはっきりしたところは好感が持てる。

「俺は、帰って少し眠ることにする」

「それがいい。ゾンビみたいな顔をしているからな」

二人は歩きながら話をしていた。

倉島は言った。

「それにしても、シロコフの目的は何なのだろう？」

「おそらく、殺すことが目的ではないな。もっとでかい仕事があって、それを遂行するために、邪魔になるやつや知られてはまずいことを知られた相手を殺しているのだと思う」

「なぜそう思う？」

「被害者の共通点は、ロシアに何らかの関わりがあるというだけだ。ロシアという点を除けば、被害者同士には何の関係性もない」

西本が言ったことについて、しばらく考えてみた。

おそらく、そのとおりだろう。では、シロコフが計画しているでかい仕事というのは、いったい何なのだろう。

倉島の考えを読み取ったように、西本が言った。

「シロコフが何を目論んでいるのか。それを探るのが、今回の俺たちの仕事というわけだ」

タクシーの空車が見えた。

倉島は、手を上げてタクシーを停めた。乗り込むときに、倉島は西本に言った。

「有力な協力者を失って、残念だったな」

「ああ……」

西本が言った。「それだけじゃなくて、彼は本当にいい飲み友達だったんだ」

タクシーのドアが閉まった。

倉島は、西本が最後に言ったことに、少なからず衝撃を受けていた。

15

どこか遠くで、何かが鳴っている。

探したいのだが、どこを探せばいいのかわからない。

何を探せばいいのかもわからない。

ただ、無視してはいけないことだけがわかっている。

次第に、目が覚めてきて、鳴っているのは携帯電話だということがわかった。

着信表示を見る。

とたんに、目が覚めた。大木天声からだった。前回電話があったときに、登録しておいたのだ。

「はい、倉島です」

独特の嗄《しやが》れた甲高い声が聞こえてくる。

「さらに二人殺されたのだな?」

単刀直入だった。

ペルメーノフと土師のことを言っているのだ。

大木天声を相手にして、嘘やごまかしは通用しないと思った。

「はい。間違いなく連続殺人です」

「誰が殺している」

倉島は、迷った。

寝起きで、頭がはっきりしておらず、判断を誤る恐れもある。

必死で頭を回転させようとした。

「これは、まだ警察内部でも一部の者しか知らないことですが、アンドレイ・シロコフという名前が浮上してきました」

「もったいぶった言い方をすることはない。公安しか知らないということだな？」

「そうです」

「そのシロコフは何者だ？」

「かつて、極東ソ連軍の特殊部隊に所属していました。現在、六十一、二歳のはずです。それ以外のことはまだわかっていません」

「極東軍だと……」

大木天声は、うなるように言った。何か思い当たる節があるのかもしれない。それを尋ねようかと思ったが、どうしても質問することができなかった。

大木天声が言った。

「シロコフは何のために、四人も殺したのだ？」

「わかりません。ただ、おそらくは何かの目的のために、邪魔者や秘密を知られた者を抹殺しているのではないかと、我々は考えています」

「そんなのは考えているうちに入らん。もっと、ましなことは考えられんのか？」

「ましなことと言われましても……」

「極東ソ連軍というのが、どういう役割を担っていたか知っておるのか？」

「第二次大戦においては、兵員育成のための後背地だったということですね。また、極東から送られた兵員は、モスクワ防衛などで活躍したとか……」

「ドイツ降伏後、ソ連は対日参戦をして、満州、南樺太、千島列島へ侵略を開始するが、それを担ったのが、極東ソ連軍だ。シベリア抑留もやつらが担当した。シベリア抑留の地獄を知っているか。やつらは、日本人を人間扱いしなかった。日本人の仇だ。やつらがやった卑劣な行為は、どんな言葉をもってしても、どんな行いでも、決して償うことはできない」

それが戦争というものだろう。あらゆる国の人々が被害者となった。日本もその一つに過ぎない。

倉島はそう考えていたが、もちろん民族主義者の天声に対してそんなことは言えない。「シロコフの目的は、極東軍と関係があるとお考えですか?」

「ロシアは決して信頼できない。ましてや、辺境の地である極東で何が行われているかなど、モスクワでも把握できていないのではないか。おまえも公安なら、少しは頭を使え。元極東ソ連軍の軍人が日本国内で次々と人を殺している。極東軍が関係していないはずはないだろう」

天声の思い込みではないか。

倉島は、慎重に考えることにした。

天声の言うことは、参考意見に過ぎない。だが、有力な参考意見であることは間違いない。

「わかりました。引き続き調べてみます」

「アンドレイ・シロコフだな。こちらでも調べてみる」

「気をつけてください」

倉島は言った。「昨日殺された土師という大学教授は、シロコフのことを探っていて殺されたのです」

「誰にものを言っておる」

電話が切れた。

ベッドの上で、大きく一息ついた。

携帯電話で時刻を見ると、午前六時八分だった。

昨夜帰宅したのが三時半頃だった。すぐにベッドにもぐり込んだが、結局眠れたのは、二時間半に満たない。

このままでは、いくら若いといっても体が保《も》たない。公安捜査員は、毎日本庁に顔を出す必要はない。

いざというときに、使い物にならないのでは困る。判断力が鈍ると、最悪の場合、死ぬことになる。

事実、もう四人も殺されているのだ。いつシロコフと接触するかわからないのだ。

もうしばらく眠って、体力を回復することにした。

次に目を覚ましたのは、午前九時だった。熟睡した。体力と気力が戻ってきたのが実感できる。

天声からの電話が夢だったのではないかと、一瞬思った。着信履歴を確認した。間違いなく電話があった。

内容は、はっきりと覚えていた。

極東ソ連軍は、日本人の仇だと天声は言った。もしかしたら、それは否定できない事実かもしれない。

ソ連侵攻で、樺太から命からがら逃げ帰った人々は、いまだにロシア人のことを忌み嫌っている。運良く生き延びてシベリア抑留から帰国した人々は、ロシア人と聞いただけで、唾を吐きたいような顔をする。

単なる悲しい歴史では片づけられない。北方領土問題はまだ解決していない。そのせいで、北海道の漁民たちは、いまだにロシア人による拿捕《だほ》に怯えているのだ。

自分たちの国益のためなら、何をしてもいい。ロシア人は、常にそう考えている。ロシアについて知れば知るほど、倉島はそう思うようになるのだった。

アメリカ人もそうだが、彼らは、そうした考えをオブラートに包む術《すべ》を心得ている。ギブアンドテイクという国際社会の常識も、ある程度はわきまえている。

だが、ロシア人はそうではない。

気候の厳しさが影響しているのかもしれないと、倉島は考えたことがある。もし、ロシアにカリフォルニアやマイアミのような温暖で美しい土地があれば、国民性も違っていたかもしれない。

ロシアの国土は広大だ。だが、そのすべてが冬には雪に覆われ、夏でも日が暮れれば寒くなる厳しい気候の土地なのだ。

都市部と地方の貧富の差は、日本人が想像できないほどに大きい。モスクワやサンクトペテルブルクなどの都市では、ごく一部のエリートが富を得ている。

田舎に行けば、見事にほとんどの男たちがアルコール中毒だ。所得など都市部のエリートに比べればないに等しい。

気候の厳しさと国内の貧富の格差の問題。

その結果が強権政治であり、海外に対する強気な外交姿勢となるのだ。

いや、物事はそれほど単純ではないだろう。だが、倉島はそう解釈していた。天声の言うことも、ある程度はうなずける。倉島はそう考えていた。

シロコフは、極東軍の思惑で動いているのではないだろうか。

そう推理すると、にわかにコソラポフの態度が理解できるような気がしてきた。

コソラポフが、シロコフの名を教えてくれたのだ。もし、シロコフがモスクワの密命を受けているのだとしたら、FSB（連邦保安庁）所属のコソラポフがそんなことをするはずがない。

だが、シロコフが極東軍の密命を帯びて動いているのだとしたら、矛盾はしない。

極東はモスクワから遠い。中央政府とは違う意思が働くこともある。

コソラポフは、権力闘争に巻き込まれたくないと言っていた。

中央政府と極東軍の間に権力闘争が生じる恐れがあるということではないだろうか。

それはおそらく、ガスのパイプラインなどのエネルギー政策とも無縁ではないだろう。石油や天然ガスなどのエネルギーは、ロシア政府を支える根幹だ。

そこまで考えて、倉島は起き上がった。

コソラポフは、ロシアの権力闘争が、海外に飛び火することを示唆していた。それが今、実際に日本国内で起きているということだろうか。

ベッドの上で上体を起こしたまま、しばし茫然としてしまった。

あまりに問題が大きすぎる。

モスクワ内乱のようなことが、日本国内で起きるとは思えない。だが、実際に、四人も死んでいるのだ。この先、何人死ぬかわからない。

なのに、それを担当している公安捜査員は、たった三人だけなのだ。

倉島は、あわてて身支度を整えて本庁に向かった。


係長は席を外していたが、十五分もすると戻ってきた。課長のところで打ち合わせをしていたようだ。

倉島は、係長の席に近づいていった。

「今、ちょっといいですか？」

上田係長は、顔も上げずに言った。

「何だ？」

「今朝、大木天声から電話がありました」

係長が顔を上げた。

大木天声の名前は、常に他人を驚かせる効果がある。

「何を話した？」

「極東軍についてです。アンドレイ・シロコフは、極東ソ連軍の特殊部隊にいましたから……」

「それで……？」

「大木天声は、極東軍は、日本人の仇だと言っていました」

「彼ならそう言うだろうな」

「自分の情報源の一人が、ロシア内部で、権力闘争が起きそうだと示唆していました」

「あの国では、権力闘争など日常茶飯事だろう」

「一九九三年のモスクワ内乱のような、ちょっとした騒ぎになるかもしれません」

「今の大統領と首相を考えれば、それはあり得ないな」

「あのときは、エリツィン大統領側とハズブラートフ最高会議議長が対立して、モスクワが内乱寸前に陥ったのでした。今度は、モスクワ中央政界の権力闘争ではなく、モスクワと極東軍との何らかの権力闘争だと考えれば……」

「それこそあり得ないな」

上田係長は、倉島を見つめて言った。今や完全に、興味をひかれた様子だ。

「なぜあり得ないのです？」

「ロシアは、強力な中央集権国家だ。もともとそうだったが、プーチンがさらに権力を中央に集中させた。軍もそうだ。極東軍は、完全にロシア軍の支配下にあるはずだ」

「そう言い切れるでしょうか」

上田係長は、しばらく倉島の顔を無言で見つめていた。

「何を知っている？」

「自分が知っているわけではありません。ですが、情報源の態度から、何かが起きつつあるということが実感できます」

「それは、日本におおいに関係があるのだな？」

「あるでしょう。事実、国内でシロコフに四人も殺されているんですよ」

「シロコフの犯行だと、確認が取れたわけではない」

「係長、刑事みたいなことを言わないでください。我々は、公判を維持する必要などないのですよ」

珍しいことが起こった。

かすかにだが、上田係長が笑ったのだ。

「おまえも、公安らしくなったもんだ。それで、おまえは、どうしたいんだ？」

「この事案は、自分たちには荷が重すぎます。エース級を投入してください」

「なんだ、結局は泣き言か」

「自分たち三人だけでは、シロコフを阻止できません」

「ロシアの権力闘争が、日本国内に影響を及ぼしているというのは、おまえの推理に過ぎない。そんな不確かな情報でエース級を動かすことはできない」

「時間を追うごとに、事態は悪くなりますよ」

「殺人事件そのものは、刑事たちに任せておけばいいんだ。彼らだってやることはやる。そのうちに、シロコフを追い詰めるかもしれない」

「それまでに、シロコフの目的を探り出さねばなりません。でないと、第二第三のシロコフがロシアからやって来ますよ」

「おまえがやるんだ」

上田係長は、にべもなく言った。

「しかし……」

「しかしも、くそもない。いいか、警察庁の警備企画課が、おまえを名指しにしたんだ。俺がどうこう言えることじゃない。おまえがやるしかないんだ」

倉島は言葉を失った。

警備企画課。この言葉は重かった。

「ゼロ」かもしれない。

倉島は、そのことを思い出した。この事案をうまく切り盛りすれば、ゼロの研修に呼ばれるかもしれないのだ。それは、エース級への登竜門だ。

過剰な期待は持つべきではない。だが、警備企画課の名指しと聞くと、どうしても期待をしてしまう。

期待すると同時に、大きな重圧を感じる。

どんなに重圧を感じても、逃げ出すことはできない。

「わかりました」

倉島は、そう言うしかなかった。「では、せめて、人員を増強してもらえませんか?」

「シロコフの尻尾をつかめ。そうすれば、考えてやる」

結局、今のままでやれということだ。

倉島は、自分の席に戻った。西本の姿が見えない。

白崎が席でパソコンに向かって作業をしていたので近づいた。

「何かわかりましたか?」

白崎は、マウスを操りながら言った。

「ああ。六十一歳前後で、現在日本にいるロシア人旅行者を洗い出したよ。この中に、シロコフがいるかもしれない」

地道な仕事だが、必要なことだ。

「何人います？」

「就業ビザや就学ビザで来日している者を含めると百三人。旅行者と短期の商用ビザだけに限定すれば、約三分の一の三十六人」

「まあまあの人数ですね」

「全員に当たっても、一日で終わる作業だ」

「さっそく、手分けして当たりましょう。西本から何か連絡は？」

「おまえさんのところにないなら、私のところにあるはずがない。おまえさんがリーダーなんだ」

「リーダーだなんて……」

「言っておくが」

白崎が顔を上げて倉島を見た。「余計な気を使う必要はない。一番重要なのは、効率よく捜査することだ。そのためには、おまえさんが、中心になって私らを引っ張っていけばいいんだ。わかったな」

倉島は、ひどく恐縮してしまった。

気を使うことが、かえって白崎に対して失礼だということは、充分に承知していた。だが、問題は、白崎の気持ちではなく、倉島の意識のほうだった。

反感を買いたくない。人間関係に波風を立てたくない。

そんな意識があったのだ。それでは、公安マンはつとまらない。白崎は、そのことを教えてくれたのかもしれない。

「わかりました」

倉島は言った。「では、手分けをして当たりましょう。白崎さんが、三人に分担を振り分けてください」

白崎は、満足げにうなずいた。

「了解だ」

「白崎さんは、極東軍について何か知ってますか？」

怪訝そうな顔を向けてきた。

「ロシアを担当しているからな。一般的なことは知っているつもりだが……」

「そういうことじゃなくて、最近、何か情報はありませんか？」

白崎は、思案顔になった。記憶をまさぐっているのだろう。

「シロコフが極東軍出身だということ以外に、特に情報はないな。なぜだ？」

倉島は、大木天声の電話の話をした。白崎も驚いた表情になった。

「おまえさん、大木天声とは、直電をもらえる間柄なのか？」

やはり、大木天声の名前は、白崎にも効き目があった。

「一度会っただけですよ。大木天声は、今回の連続殺人に興味を持ったようです」

「大木天声と直接話ができるだけでも、たいしたもんだよ」

白崎は、本当に感心している様子だった。

「今朝電話をもらって、冷や汗が出ました」

「極東軍か……」

白崎が言った。「ある意味で、日本と最も関わりが深いかもしれない」

「自分の情報源の一人が、ロシアの権力闘争に巻き込まれたくないというようなことを言っていました」

「その人物は、ロシア人なのか？」

「そうです。ロシアの権力闘争は、ときに世界中の人々が想定もしていない方向に向かうことがあるという意味のことも言っていました」

「それは事実だろうな」

「権力闘争というと、クレムリン内部を思い浮かべますが、その情報源が言ったのは、まったく違うことだったのかもしれません」

「どういうことだ？」

「例えば、モスクワと極東軍……」

「シロコフはそのために動いているというのか？」

「ロシアは強固な中央集権国家だから、モスクワと極東軍の権力闘争などあり得ないと、上田係長は言いました。でも、自分はあり得ないことじゃないと思うんです」

白崎は、考え込んだ。

「極東軍が、ロシア軍の中枢に反目しているということか……」

「あの国ではあり得ることだと思います。CIS諸国に対するロシアの求心力は急速に落ちています。ウクライナのガスパイプライン問題や、南オセチアの紛争は、ロシアの危機感の表れでしょう。国内でも、都市部と地方の格差は広がるばかりで、地方に対する中央政府の求心力も落ちているはずです」

白崎が言った。

「たしかに、極東はロシア国内でも特別だ。対中国、対日本の最前線であり、なおかつモスクワからは遠く離れている。中央とは、感覚的に強い隔たりがある」

「シロコフは、何かの任務を遂行しようとしているのでしょう。そのために、邪魔者を消していると考えることができます」

「とにかく、本人を特定して見つけ出すことだ」

白崎は言った。「おまえさんの分の顔写真入りのリストを渡すよ。西本にも同様に渡しておく」

「西本はだいじょうぶでしょうか?」

「だいじょうぶ? 何がだ?」

「昨日殺害された土師という大学教授は、西本の協力者の一人でした」

「それがどうかしたのか?」

「彼は、自分のミスのせいで、協力者が死んだと思っているようです」

「今さらそんなことを考えたところで仕方がない」

「土師は、西本のいい飲み友達だったそうです」

「心配するな」

「は……？」

「西本は、そんなことでいつまでも落ち込んでいるタマじゃない。今ごろは、土師とかいう教授が残した情報を洗い直しているさ」

不思議なもので、白崎に言われると本当にそんな気がしてくる。倉島はうなずいて、白崎の席を離れた。

16

午前中は、ずっと本庁にいて、四件の殺人事件の捜査の進展を探っていた。

四件目の事案も、連続殺人事件として赤坂署に情報が集約されることになったようだ。府中署は、その段階で、成城署や大崎署と同様に、前線本部となった。

はっきりした進展は見られないようだ。

事件発生から時間が経てば経つほど、捜査は停滞を始める。やはり、事件発生直後が、手がかりもつかみやすい。

初動捜査が大切と言われるのはそのためだ。犯罪の捜査は、初期段階でどれだけの証拠や証言を集められるかにかかっているといってもいい。

シロコフは、痕跡をほとんど残さず、犯行を目撃されてもいなかった。

特捜本部に、犯人がロシア人だと告げてやれば、少しは捜査も進展するだろうか。

倉島はそんなことを考えてみた。

犯行を目撃していなくても、犯行現場付近で外国人を目撃したという人が出てくるかもしれない。

いや、その必要はない。

そう思い直した。

特捜本部の捜査員たちも、決して無能なわけではない。すでに犯人がロシア人の可能性を考えているかもしれない。

庁内の食堂で昼食を済ませた。午後になると、西本が姿を見せた。

倉島は、西本の席に近づき、言った。

「白崎さんが、日本国内にいる六十一歳くらいのロシア人男性旅行者のリストを作ってくれた。手分けして当たろう」

西本がこたえた。

「そのリストの中に、シロコフの名前はなかったんだな?」

「あったら、リストなんて必要ないだろう」

「そりゃそうだ。偽名で入国しているということだな。ならば、当たって何を確認するつもりだ?」

「本人の所在と、印象かな……。帰国予定などを詳しく尋ねればいい」

西本はかすかに笑った。それから、一枚のA4判の用紙を取り出した。ホームページのプリントアウトらしい。

キリル文字が並んでおり、集合写真があった。そのプリントアウトを見つめていると、西本が言った。

「その写真の中に、アンドレイ・シロコフがいるらしい」

倉島は驚いた。

「これは何の写真だ?」

「ハバロフスク近郊の街の在郷軍人会のようなものだそうだ。用心深い連中も、さすがに在郷軍人会のホームページは削除できなかったようだ」

集合写真には、十三人の男たちが映っていた。この中に、シロコフがいる。

倉島は写真を見つめながら言った。

「この写真と、白崎さんのリストを付き合わせれば、シロコフの人相と偽名が判明する」

西本はうなずいた。

「そういうことだ。これで一人一人会いに行って話を聞く必要がなくなったわけだ」

白崎が言ったとおりだった。西本は、いつまでも落ち込んでいるようなやつではない。やるべきことはやる男だ。

「これは、お手柄だな」

「俺の手柄じゃない。亡くなった土師さんの手柄だ。彼が、さまざまな人脈を使ってこのページを見つけてくれたんだ」

倉島は、ふと気になった。

「その人脈というのが気になるな……。その人たちに危険はないのか？」

「ロシア人の人脈だ。安全にしろ危険にしろ、俺たちには手が出せない。それに……」

西本は、いったん言葉を切ってから言った。

「その人脈の中に、シロコフに通じていたやつがいたのかもしれない」

充分に考えられることだと、倉島は思った。

「手分けしてすぐに、作業にかかろう。これで、シロコフの人相が明らかになる」

白崎は、それから二十分ほどして席に戻ってきた。西本が入手した集合写真の話をすると、白崎も表情を明るくした。

「それは貴重な手がかりだ。じゃあ、リストを三つにわけてあるから、作業を始めよう」

倉島は、気分が高揚していた。獲物を追い詰める狩人の気分だ。

まず西本が持ってきたプリントアウトを、二部コピーする。それを三人に配布する。

倉島は、自分に割り当てられた顔写真付きのリストと、プリントアウトのコピーに載っている集合写真とを見比べていった。

在郷軍人会の写真は、ずいぶんと古いもののようだ。だが、人間の顔の特徴は、年月を経ても変わらないものだ。

リストのすべてを見終わるのに、二十分とかからなかった。倉島は、再度プリントアウトの写真とリストの写真を比べていった。今度は慎重にやったので、三十分ほどかかった。

結局、倉島の分担の中には、シロコフはいなかった。

あとは、西本と白崎に期待するしかない。二人のほうを見た。

西本がすでに作業を終えている様子だった。眼があった。西本は、かぶりを振った。彼の分担の中にもシロコフはいなかったという意味だ。

倉島も首を横に振った。

二人は同時に立ち上がり、まだ作業を続けている白崎の席に近づいた。白崎が顔を上げた。

倉島は尋ねた。

「どうです?」

白崎も首を横に振った。

「俺の分の中にはいなかったな」

西本が尋ねる。

「確かですか？」

「ああ、おまえのところはどうだ？」

「いませんでした」

白崎と西本が、倉島を見た。倉島は言った。

「自分のところにもいませんでした」

「クロスチェックをやろう」

白崎が言った。リストを交換してもう一度作業するのだ。

四十分後、全員が作業を終えたが、結果は同じだった。

倉島は落胆した。土師が命を懸けて入手した手がかりだった。それが役に立たなかったのだ。

「どういうことだろうな……」

西本が独り言のように言った。「この集合写真の中には、間違いなくアンドレイ・シロコフがいるんだ」

白崎が言う。

「だが、来日したロシア人旅行者のリストの中に、その集合写真の中に写っている人物はいなかった」

西本は自信たっぷりだ。彼が言うのだから、集合写真の中にシロコフがいることは間違いないだろう。

しばらく考えていた白崎が言った。

「旅行者じゃないのかもしれない」

西本が白崎のほうを見た。

「旅行者じゃない？　じゃあ、どういう身分で来日しているんだ？」

「ジャーナリストかもしれない。あるいは、政府関係者のビザを持っているんだ。それだと、旅行者のリストには載っていない」

西本が、眉をひそめた。

「大使館員か何かだというのか？」

白崎がこたえた。

「駐在武官という可能性もある」

「六十一歳だぞ。とっくに引退しているはずだ」

「外交官の身分なら、その年齢でも不自然じゃない」

倉島は、この白崎の言葉について考えてみた。そして、かぶりを振った。

「いや、大使館員や外交官ではないと思います」

西本が訊いてきた。

「なぜ、そう思う？」

「シロコフの名前を教えてくれたのが、実はロシア大使館員なんだ」

西本と白崎は、ちらりと顔を見合った。西本が言った。

「だからといって、シロコフが大使館員か外交官ではないということにはならない」

「情報源の態度からして、違うと思う。自分たちとは、違う勢力の人間だと言いたげだった。それに、その情報源がいくら協力的だからといって、身内を日本の警察に売るようなことはしないはずだ」

西本は皮肉な笑いを浮かべた。

「あんたの腕次第だと思うがね……」

「だとしたらなおさらだよ。俺は、自分がそれほどインテリジェンスの能力に長けているとは思っていない」

「ご謙遜を……」

やはり皮肉に聞こえる。

白崎が言った。

「倉島が言うとおりだと思う。大使館員や外交官が、連続殺人をやらかすなんて、ちょっと考えられない。それを他の大使館員が知っていて放置しているはずもない」

西本は、白崎を見てしばらく考えていた。やがて納得したようだった。

「じゃあ、シロコフというのは何者なんだ？」

「やはり、ジャーナリストとか、何か特別な身分で来日しているのだろう」

「じゃあ、そこまで枠を広げて、またリストを作ればいい」

白崎は、肩をすくめた。

「もちろん、やるさ。すぐにかかる」

倉島は、白崎に言った。

「リストが用意できたら、すぐにまた手分けしてチェックしましょう」

西本が言った。

「一つ気になることがある」

倉島は言った。

「何だ、気になることって？」

「シロコフは日本語が話せるのか？」

「知らない。こっちが聞きたいくらいだ」

「経歴からして、話せるとは思えないな。日本に土地勘があるとも思えない」

「何がいいたいんだ？」

「あんた、言葉もわからず、土地勘もないのに、海外で何か重要な任務を果たせると思うか？」

倉島は、考えた。

「事前に充分に準備をすれば何とかなるかもしれない」

「シロコフは、日本で四人も殺している。犯行現場はそれぞればらばらで、かなり離れた場所だ。そして、被害者が自分の任務にとって邪魔になるということを知っていたからこそ殺したんだ」

「つまり、被害者と何らかの形でコミュニケーションを取っていたということだな？」

「ロシア語ではないだろう。もちろん、三番目と四番目の被害者はロシア語がしゃべれただろうが、行動右翼や指定団体の構成員がロシア語をしゃべれたとは思えない」

「日本語と土地勘……」

倉島は言った。「協力者がいるということか？」

「その可能性は大きい。それはロシア語が堪能な日本人かもしれないし、日本に長期滞在している日本語が堪能なロシア人かもしれない」

倉島たちのやり取りをじっと聞いていた白崎が言った。

「もともと、シロコフの単独の犯行とは考えにくい。倉島の話だと、権力闘争の疑いがあるという。つまり、組織対組織の争いということだろう。シロコフは、何らかの勢力を後ろ盾にしているということだ」

西本が慎重な表情になって言った。

「おそらく、土師はシロコフのことを調べていて、それを知られて消された。いくらシロコフが特殊部隊の出身だからといって、単独でそんなことを探り出せるとは思えない」

「そうだ」

白崎が言った。「組織だった協力者がいると考えていいだろう」

「俺は、その線で当たってみる」

西本が言った。「白崎さんは、リスト作りをやってくれ」

白崎が顔をしかめて西本に言う。

「おい、指示を出すのは倉島だよ」

西本が倉島に言った。

「それでいいだろう？」

だめだとは言えなかった。

「じゃあ、いちおう夕方六時を上がりの時間にしよう」

「了解だ」

西本は席を立ち、出かけて行った。

白崎は、長期滞在者を含めたロシア人たちのリストを作るために、やはり外出した。日本に滞在している外国人の資料は、法務省の入国管理局や、外務省に当たる必要がある。西本は、そうした役所に独自のコネクションを持っているに違いない。

そうでなければ、裁判所の令状もないのに、情報を開示してくれるとは思えない。警察は決して万能ではない。ちゃんとした理由がなければ、誰も捜査に協力などしてくれないと思ったほうがいい。

倉島は、自分の席で考えていた。

白崎と西本の会話を聞いていて、ぴんと来たことがあったのだ。

単なる思いつきに過ぎない。どの程度、現実味があるかも判断ができない。

だが、公安捜査員は、こうした思いつきを大切にしなければならない。無意識のうちに、真実を見聞きしている可能性があるのだ。理屈は後からついてくる。

倉島は、机上の電話から、タチアナにかけた。

「はい。ロシア連邦通商代表部です」

流暢な日本語が聞こえてくる。

「タチアナ？　倉島です」

「あら、先日はごちそうさま」

「また、食事でもいかがですか？」

「このところ、頻繁に誘ってくれるのね」

「迷惑ですか？」

「そんなことはないわ」

「都合のいい日でいいんですが……」

「また、ランチがいい？」

「できれば、夕食のほうがいいです。ゆっくりお話もしたいし……」

「わかった。今日の夜はあいているけど、どう？」

「いいですよ。また、中華がいいですか？」

「たまにはロシアの料理が食べたいわね」

「わかりました。予約しておきます」

倉島は、六本木のロシア料理の店の名前を言った。ヴァイカルという名のレストランだ。ペットショップの上にある。

昔からあるロシアンレストランは、日本人好みにアレンジされているか、ヨーロッパ風になってしまっている。

バイカルの従業員はロシア人なので、純粋なロシア料理を味わうことができる。倉島は、七時に予約を入れた。

六時に、約束通り西本と白崎が本庁に戻ってきた。

西本は、空振りに終わったと言った。どこに何を調べに行ったのかはわからない。訊かないことにした。それが公安捜査員同士の暗黙の了解事項だ。

白崎は、ごっそりとデータを持ち帰ったようだ。リストを作るのに、かなり時間がかかるという。

「できあがるのは、夜中になるかもしれない」

それを聞いて、倉島は言った。

「では、自分はちょっと出かけてきます」

「じゃあ、俺は白崎さんの手伝いでもやるか……」

「そうしてくれると助かるな」

二人とも、倉島が出かけることをとがめたりはしない。それがありがたかった。

倉島は、余裕を見て六本木に向かった。

タチアナは、五分ほど遅れてきた。

二人は、ビールで乾杯をして、料理を注文した。タチアナはボルシチとブリヌイを注文する。ボルシチは、お馴染みのビーツのスープだ。ブリヌイは、薄いパンケーキのようなものだ。イクラやスモークサーモン、チョウザメの燻製などを巻いて食べるのだ。

これは、ごく一般的なロシアの家庭料理だ。倉島は、伝統的なキノコのスープに、カットレットを注文した。キノコのスープは、塩味でこくがある。カットレットというのは、メンチカツのようなものだ。

いずれの料理にも、ディルという独特の香草が欠かせない。ディルの匂いを嗅ぐと、ロシアを思い出す。

倉島は、いろいろな話題を提供して、食事が退屈なものにならないようにつとめた。タチアナは楽しそうだった。

テーブルの上にはいつの間にかウォッカの瓶が置かれていた。ショットグラスに注いでそれを飲みながら食事をした。

食事が一段落すると、倉島はごくさりげない様子で、紙を取り出してタチアナに差し出した。

「これを見てくれませんか?」

「何……?」

タチアナが手に取る。「……退役軍人の集い……? これ、何なの? ホームページか何かをプリントアウトしたものね」

「そこの集合写真の中に、知っている人はいませんか?」

タチアナは、怪訝そうに倉島を見つめてから、コピーに眼を戻した。しばらく眺めていた。

「あら、これ……」

タチアナは目を丸くした。「アンドレイ・シロコフじゃない」

倉島は、思わず拳を握りしめて、天に突き上げたくなった。

「シロコフを知っているんですね?」

「上司の古くからの友人で、日本に来たいというので、通商代表部の職員としてビザを取ったの。本当は、違法かもしれないけど、ロシア人は、友人のためならどんなことでも融通してやろうとするの」

「偽名で入国したわけじゃないんですね?」

タチアナはきょとんとした顔になった。

「どうして、シロコフが偽名を使わなければならないの？」

「この写真の、どれがシロコフなんです？」

「これよ。前列の右から二番目」

頭の薄い中年男だった。写真がモノクロなので、眼の色などはわからない。だが、人相ははっきりとわかった。

「会ったことはあるんですか？」

「あるわ。上司といっしょに食事をしたことがある」

「その上司というのは……？」

「うちのマネージャーよ」

マネージャーというのは、日本でいうと部長クラスだろう。

「シロコフは、どこに滞在しているか知っていますか？」

「マネージャーの自宅に泊まっているはずよ」

「住所を教えてもらえますか？」

「かまわないわよ。住所を言うより、これから案内してもいいわよ」

こんなにあっさりと、シロコフの居所がわかるとは思わなかった。

「ぜひお願いします」

二人は、ほろ酔いの状態でレストランを出た。

17

タクシーを拾うと、タチアナは、ＪＲ五反田駅から第一京浜にいたる、通称「ソニー通り」まで行くように、運転手に指示した。

タチアナが尋ねた。

「どうして、シロコフの居場所を知りたいの？」

「四件の連続殺人事件が起きたのを知っていますか？」

「もちろん知っている。すべての事件にロシアが関係しているということで、通商代表部でも話題になっている」

「その事件に、シロコフが関わっている可能性があるのです」

「まさか、犯人だと言うんじゃないでしょうね」

タチアナは笑った。「シロコフは、もう六十歳を過ぎているのよ」

特殊部隊で培った体力と技術は、六十歳を過ぎた今も衰えてはいないのだろう。いや、衰えはしたものの、油断しきっている相手を殺害するのには充分なのだ。

タチアナは、シロコフを信頼している様子だ。上司の親友ということで、何の疑いも持っていないに違いない。

こういう場合は、へたに事実を告げないほうがいい。

「犯人だとは言っていません。連続殺人事件について、何か知っている可能性があるのです。それを教えてもらえれば、と思って……」

「シロコフは、何も知らないと思うわ」

タチアナは、笑いを含んだ声で言った。「どうして彼を疑うことになったのかは知らないけど、何かの間違いだと思う。日本の警察は、まったく見当違いな相手を疑っているのよ」

タチアナから反感を買うわけにはいかない。ここは調子を合わせておいたほうがいい。

「そうかもしれません。警察というのは、九十九パーセント潔白だと思っても、一パーセントの疑いがあれば、調べに行くのです。それが仕事ですから……」

「どこからの情報なの？」

倉島は、笑みをうかべて言った。

「それは言えません。わかっているでしょう？」

「まあいい。シロコフに会えば、彼が殺人になど関係していないことがわかるでしょう」

「あなたの上司のマネージャーというのは、何というお名前ですか？」

タチアナは、倉島の顔を見た。その視線を感じたが、倉島はタチアナのほうを見なかった。

「どうしてそんなことを訊くの？」

「警察官は何でも知りたがるんですよ」

タチアナは、正面に向き直った。

「ニコライ・シラーエフ」

「役職は？」

「マーケティング・マネージャーよ」

倉島は、西本と白崎のやり取りを聞いていて、実は、タチアナがシロコフの協力者なのではないかと思った。

日本語が堪能で、東京に土地勘があるロシア人。そう考えたときに、真っ先に頭に浮かんだのが、ロシア大使館のアレキサンドル・コソラポフと、タチアナ・アデリーナだった。

他にもその条件に当てはまるロシア人はたくさんいるはずだ。例えば、タチアナの上司のニコライ・シラーエフもおそらくそうだろう。

だが、倉島は、まずその二人の顔が思い浮かんだという事実が重要だと思った。

自分は、確実にシロコフに近づきつつあるのだという自信があった。そして、もしそうなら、シロコフの周辺にいる人物にすでに接触していてもおかしくはないと考えたのだ。

さらに、日本国内のロシア人社会というのは、意外と狭い。特に、公的な立場で来日しているロシア人たちはごく限られている。

倉島がタチアナに会って、シロコフについて尋ねてみようと思ったのは、言ってみればダメモトだった。

だが、可能性がないわけではないと考えていた。そして、前回会ったときのタチアナの態度が少しばかり気になっていた。

野田誠司が、ロシアンマフィアとトラブルを抱えていたのではないかと尋ねたとき、即座に否定した。その態度があまりにきっぱりとし過ぎていたように感じたのだ。

タチアナは事件に関して何かを知っているのではないか。そんな疑いを持った。

それが、見事的を射たというわけだ。

タチアナが犯罪に関係していると疑ったわけではない。シロコフを知っていてもおかしくはないと考えただけだ。

話の流れからいくと、ニコライ・シラーエフというタチアナの上司が、シロコフの協力者と考えるのが自然だろう。

つまり、シロコフとシラーエフは、同じ陣営にいるのだ。それがどんな組織なのかわからない。極東軍に関係しているのかもしれないが、規模も性質も何もわからない。だが、たしかに、シロコフは何かの陣営に属しているのだ。

西本が言うとおり、言葉もわからず土地勘もなく、四人もの人間を、証拠も残さずに殺害するというのは、いくら特殊部隊の出身といえども不可能だろう。

警視庁に戻ったら、ニコライ・シラーエフという人物について、徹底的に洗ってみようと思った。

タクシーは、五反田の駅前を通り過ぎて、ソニー通りに入った。しばらくして、タチアナがタクシーを停めた。

「ここでいいわ」

五反田の駅と第一京浜のちょうど中間のあたりだ。ファミリーレストランの前だった。倉島がタクシー代を払った。

道を渡り、コンビニエンスストアの前の路地を入っていった。倉島は、住居表示を探した。東五反田二丁目の表示が見えた。

そういえば、ペルメーノフが住んでいたのもこの近くだ。たしか東五反田三丁目だった。ペルメーノフはその自宅の前で殺害されたのだ。

これは、偶然だろうか。

頭の中で警鐘が鳴るのを聞いた。

いや、あわてるな。

倉島は、自分に言い聞かせた。別に、おかしな話ではない。

通商代表部が近くにあるので、このあたりにはロシア人が比較的多く住んでいる。ペルメーノフも、同胞がいる地域に住んだほうが安心できると思ったのかもしれない。

そう考えれば、納得もいく。

タチアナは、やがて、マンションの前で立ち止まった。五階建てのオートロックのマンションだ。

おそらくは分譲マンションだ。造りがいかにも高級そうだった。

タチアナは、玄関脇のテンキーに番号を打ち込んだ。暗証番号を知っているのだ。通常なら、部屋にインターホンで連絡を取るのではないか。

あるいは、タチアナとシラーエフは、いちいち玄関で連絡を取り合わなくてもいいほど、親密な関係なのだろうか。

エレベーターに乗り、タチアナは五階のボタンを押した。

再び、頭の中で警鐘が鳴った。

うなじを逆なでされるような不快感を覚えた。

タチアナは何も言わない。タクシーを降りてから、ずっと無言だった。

この嫌な感覚は何だろう。シロコフを恐れているのだろうか。たしかに、シロコフは油断ならない。だが、それだけだろうか。

エレベーターを降りたタチアナは、廊下を進み、やがて五〇四号室の前で立ち止まった。ドアの脇のボタンを押す。部屋の中でチャイムが鳴るのが、かすかに聞こえた。

だが、何の反応もなかった。

タチアナは、もう一度チャイムを鳴らした。

それでも、ドアは開かなかったし、ドアの向こうから何か音がすることはなかった。

タチアナが肩をすくめて言った。

「出かけているみたいね」

倉島は、正直言ってほっとした。

「送って行こう。君の自宅は、大崎だったな」

倉島がそう言うと、タチアナがかすかにほほえんだように見えた。

次の瞬間、背後のドアが開いた。今まで、何の反応もなかった五〇四号室のドアだ。

驚いて振り向いたときには、何者かの腕が首に巻き付いていた。

「ドント・ムーブ」

英語で「動くな」と言われた。

「動くと、背中から心臓まで一突きだぞ。英語はわかるな？」

倉島は、全身の血が冷たくなっていくような気がした。うなずくのがやっとだった。

今、倉島の首に腕を回しているのは、間違いなくシロコフだろう。そして、これまで日本国内で四人を殺害したナイフを、倉島の背中に突きつけているはずだ。

うかつだった。

タチアナはどうしているだろう。彼女は、こんなシロコフの行いを見て、驚いているに違いない。

彼女は、倉島の正面にいた。彼女の顔が視界に入っている。

その表情を、どう理解していいかわからなかった。

タチアナは、決して驚いていなかった。不安そうでもなかった。

ただ、無表情に倉島を見ているだけだ。

タチアナが、ロシア語で何か言った。

「早く、中へ」

そう聞こえた。

倉島は、部屋の中に引き込まれるのを感じた。抵抗すれば、ナイフで刺されるだろう。だが、このまま部屋に連れ込まれても、同じ結果が待っているかもしれない。

ここは一か八かで抵抗すべきかもしれない。だが、倉島にその度胸はなかった。今ここで死ぬより、一分一秒でも長生きしたい。

つい、そう思ってしまう。

そして、何も知らずに死ぬのはご免だった。タチアナにだまされていたのかもしれない。それを確かめたかった。

部屋の中は、真っ暗だった。玄関のドアを閉めて施錠したのはタチアナだった。

明かりが灯った。スイッチを入れたのもタチアナだった。

倉島は突き飛ばされて、床に転がった。見上げると、白髪の男が立っていた。年をとってはいるが、たしかに、西本が入手した集合写真の中にいた男の一人だった。タチアナが指したはげ上がった男だ。

今は、あの写真よりさらに髪が薄くなっていた。

「アンドレイ・シロコフだな？」

倉島は、言った。

「おまえは何者だ？」

シロコフはロシア語で言ってから、英語で同じことを言った。

倉島は英語でこたえた。ロシア語は片言しかしゃべれない。英語のほうがはるかにましだ。

「倉島という。警視庁の者だ」

「警察官か」

シロコフは、面白がるように言った。それから、タチアナに何事かロシア語で言った。

タチアナがそれにこたえる。

倉島は、それを黙って聞いていた。タチアナが、倉島に言った。

「私たちが何を話しているか、気になっているでしょうね」

「ああ、そのとおりだ」

「どうして、警察官を連れてきたと訊かれたので、あなたから話を聞いたほうがいいと言ったの」

「僕から話を聞くだって？」

「そう。あなたは、シロコフが四人を殺したことを知っているようなので……。警察が何をどこまで知っているのか、聞いておく必要があると思ったの。シロコフには、それを説明したわ」

「君が、シロコフの協力者だったというわけか。殺人の共犯だ」

タチアナはかぶりを振った。

「私は、ただ日本でシロコフの便宜をはかってやれと言われているだけ。殺人には一切関わっていない」

「それは言い訳に過ぎないな。シロコフが何をやろうとしていたのか、知っていながら彼の便宜をはかったのだとしたら、それはやはり共犯ということになる」

タチアナは肩をすくめた。

「その事実を知っている日本人は、あなただけよ。そして、おそらくあなたは、警察の同僚にも私のことを秘密にしている。公安というのは、情報源を秘密にするものなのでしょう？」

じわじわと、後悔と反省が忍び寄ってくる。

情報源に女を選ぶべきではなかったな……。

こちらから近づいて、うまく情報源にできたと思っていたが、実は、逆にこちらが利用されていたのかもしれない。

やはり、ロシア人はしたたかだ。女性はなおさらだ。

シロコフが何か言った。そちらを見た。右手に使い込んだダガーナイフを握っている。年季が入っているが、よく手入れされてブレードは光っている。

何人もの血を吸っているのだと思うと、ぞっとした。

タチアナが、シロコフの言葉にうなずき、倉島に言った。

「あなたは、シロコフが四人を殺したことを知っていた。このことに間違いはないわね？」

「そちらの尋問に、一方的にこたえるつもりはない」

タチアナの顔から、一切の表情が消えていった。その青みがかった灰色の眼は、ガラスでできているように、冷たく見えた。

「それはあなたの自由よ。でも、どうせしゃべることになる。シロコフは拷問にも慣れている。あのナイフであなたの指の関節を一つ一つ切り取っていくこともできる」

背筋が凍り付く思いだった。

シロコフは本当にやるだろう。ロシア人に情け容赦というメンタリティーはない。

倉島は、拷問に耐え抜く自信などなかった。情けないが、たいていの人間がそうだ。

拷問に耐えられる人間など、今の日本にいるとは思えない。拷問自体、日本においては映画やテレビドラマの世界だけの出来事に過ぎない。だが、おそらくシロコフにとっては現実なのだ。

耐えたところで、少しばかり時間が稼げるに過ぎない。だが、時間稼ぎをしたところで、助かる見込みはないのだ。

「一つだけ訊かせてくれ。君は、誰かに命じられてシロコフの便宜をはかったと言ったな？　それを命じたのが、上司のニコライ・シラーエフなのか？」

そのとき、シロコフが怪訝な顔で倉島を見た。タチアナは笑い出した。

「ニコライ・シラーエフは、もうこの世にはいない。ハバロフスクの土の中に眠っている。シロコフが殺したのよ。もう、二十年も前の話だそうよ。シロコフの活動は、その頃から始まっている。シラーエフは、その活動の邪魔をしようとした」

「じゃあ、この部屋は……」

「ここは、私たちのセーフハウス」

セーフハウスというのは、諜報担当者が使用する隠れ家のことだ。タチアナもやはり何らかの組織に属するスパイだったというわけだ。

「そのシロコフの活動というのは何だ？」

タチアナは、笑いを消さずに言った。

「質問をしているのは、こちらよ。さあ、質問を再開するわ。シロコフが、四人を殺したことを知っていたのは確かなのね？」

どうこたえるべきか考えていた。

嘘をついたり、隠し事をしたりすれば、痛い目にあうだけだ。倉島は、まだ拷問を経験したことはない。だから、自分がどれくらい耐えられるのかも知らない。

拷問は嫌だが、殺されるのはもっと嫌だ。ここは、うまく立ち回らなければならない。

倉島は、そんなことを考えている自分に気づいて、満足だった。パニックを起こしてもおかしくはない状況だ。だが、自分はまだ冷静だ。

悲観論は禁物だ。逃げ道は必ずある。

まずは、シロコフとタチアナの質問をどうかわしていくかだ。

頭を働かせよう。倉島は、タチアナを見つめた。

18

「たしかに、僕は知っている」

倉島は言った。そうこたえるしかなかった。シロコフが四人の殺人に関わっているかもしれないと言い出したのは、倉島のほうだったのだ。

タチアナは、バイカルで食事をしている最中に、倉島を拉致することをすでに考えていたに違いない。シロコフが写っている写真を見せられたのだから当然だ。

退役軍人たちの写真を見た瞬間から、タチアナは、こちらの腹を探り、演技を始めたのだ。

タチアナにも、心理的な余裕があったとは思えない。倉島が何もかも知った上で、自分に写真を見せたと思ったかもしれない。

もっと慎重に事を運ぶべきだった。悔やんでも悔やみきれない。倉島は、タチアナを信頼しきっていた自分の甘さに腹が立った。

「それは、日本の警察がすでにシロコフのことを知っているということ?」

「その質問のこたえはイエスでもあり、ノーでもある」

「私は、そういうふざけたこたえは期待していないの」

「公安は知っている。だが、刑事たちはまだ知らない」

タチアナは冷ややかな眼差しのままだ。

「日本の警察は、とても優秀だという評判だけど、内部では対立関係があるわけ?」

「対立関係じゃない。役割分担だ。担当している事柄が違うだけだ」

「殺人は刑事の担当じゃない？」

「外国人が殺人事件を起こせば、それだけで公安の事件の色合いが強くなる」

タチアナは、まったく信用していないような顔で倉島を見ている。シロコフがロシア語で何か言った。タチアナがそれにこたえる。シロコフが、日本語の会話の内容を知りたがったのだろう。

タチアナが、再び日本語に切り替えて倉島に言った。

「私がシロコフに協力していることを、どうやって知ったの？」

「知ったわけじゃない。もしかしたらと思って写真を見てもらっただけだ」

タチアナは、それを聞くと舌打ちして、親指の爪を噛んだ。

「つまり、私は、間違いを犯したということね。日本語で何と言ったかしら……」

「早とちり」

「私は、早とちりをして、あなたをここに連れてきてしまったということ？」

「お互い、注意を怠ったということだ」

タチアナが、ロシア語でシロコフに話しかけた。二人は、少しばかり激しい口調で何事か相談していた。もともとロシア語の会話は、日本人からするとひどく早口で、まるで口げんかをしているように聞こえることが多い。

彼らが何を話し合っているのかはわからない。だが、倉島にとってあまりありがたくない内容であることは確かだ。

タチアナが倉島に言った。

「日本の公安はどこまで知っているの？」

「どこまで……？」

「あなたはシロコフが四人を殺したことを知っていると言った。では、何のために殺したのか知っているの？」

簡単にはこたえられない。ここは駆け引きが必要な場面だ。だが、タチアナやシロコフを相手に、倉島の駆け引きが通用するだろうか。不安だった。

だが、やらなければならない。

「残念だが、正確には知らない。だが、ロシア政府内の、あるいは軍内部などの対立があるのではないかと考えている。はっきり言えば、権力闘争ということだと思う」

タチアナは、しばらく考えてから言った。

「あなたは、ロシア大使館のコソラポフと親しかったわね……」

「そう。ときどき、いっしょに飲みに行く程度の間柄だがね……」

「あなたは、コソラポフを情報源にしているということね。シロコフのことも、コソラポフから聞いたのね？」

「その質問にはこたえられない」

これは、イエスという意味に取られる。

それでもかまわなかった。タチアナは、ＦＳＢ（連邦保安庁）のコソラポフが、どこまで日本の警察にしゃべっているかが気になっているに違いない。

彼女がそれを気にしている間は、生きていられると思った。

これまでの経緯から考えて、シロコフは明らかにコソラポフとは違う陣営にいる。対立している陣営と言ってもいいだろう。そのシロコフに協力しているタチアナも、コソラポフの陣営とは対立関係にあると考えられる。

彼らは、日本国内でいったい何をしようとしているのだろう。

殺人そのものが目的ではないと西本が言っていた。今はその意見に納得している。何か目的があり、その遂行のために邪魔者を消しているのだ。

その目的とは何なのだろう。

タチアナの質問が続いた。口調は淡々としていて、事務的な感じすらした。

「コソラポフはシロコフについて何をしゃべったの？」

「コソラポフが何を言ったかについては、こたえられない」

「そういうことが言える立場だと思っているの？」

「そう言わなければならない立場だと思っている」

「今、あなた自身がどういう状況に置かれているかを考えることね」

シロコフは、日本国内ですでに四人殺している。自分を殺すことを躊躇するとは思えない。

倉島はそう思った。

ここで死ぬかもしれない。だが、その実感がなかった。

倉島は、自分がそれほど度胸のある人間だとは思っていなかった。恐怖に震え上がっていてもおかしくはない。

実際には、意外なほど冷静にうけこたえしていた。恐怖感が麻痺しているのかもしれない。ただ、何も知らないまま死んでしまうのは我慢ならなかった。

倉島はタチアナに尋ねた。

「シロコフは、日本で何をしようとしているんだ？」

「それを知ったら、あなたは生きてはいられない」

「知っても知らなくても、生きていられないような気がするんだがな……」

タチアナは、何もこたえなかった。

完全に表情を閉ざしており、考えを読み取ることができない。

自分の命運がもうじき尽きるのかもしれないと思ったときに、なぜか大木天声のことを思い出した。

彼の言葉が脳裡によみがえる。

「ドイツ降伏後、ソ連は対日参戦をして、満州、南樺太、千島列島へ侵略を開始するが、それを担ったのが、極東ソ連軍だ。シベリア抑留もやつらが担当した。シベリア抑留の地獄を知っているか。やつらは、日本人を人間扱いしなかった。日本人の仇だ」

シロコフは、その極東軍にいた。もちろん時代が違うから、彼が南樺太侵攻やシベリア抑留に関与していたはずはない。だが、それを担った軍隊に所属していたことは間違いない。

そして、そのシロコフが日本人を二人も殺している。タチアナはそれに手を貸しているのだ。

今、目の前にいるロシア人は間違いなく日本人の仇ではないか。

血が熱くなった。

倉島は、これまで自分のことを民族主義者だと思ったことはない。日本のために働いているという自覚はあったが、それは警察官としての義務と感じていた。

だが、今初めて、日本人としての血が騒いでいた。体の奥底から怒りが噴き出してくる。殺された二人の仇を討ちたい。目の前にいるロシア人をこの手で殺したい。

切実にそう感じていた。

今日ここで殺されるならそれも仕方がない。だが、ただでは死なない。必ずどちらかを道連れにしてやる。

相手はナイフを持っており、戦いに充分慣れている。こちらは素手だ。だが、術科の柔道で習う絞め技は伊達ではない。

死を覚悟すれば、シロコフを絞め殺すことくらいはできるかもしれない。

倉島は言った。「だが、警察官を殺すことの意味をよく考えることだ。日本の警察だって、敵に回せばそれなりに手強いんだ」

「僕を殺したければ殺すがいい」

タチアナの眼差しは、相変わらず冷ややかだったが、わずかに表情の変化があった。迷いが見て取れた。

警察を敵に回すという言葉が、かなり効果的だったようだ。

アメリカには、「警官殺しは死刑」という言葉があるそうだ。それくらいに、警察は捜査に本腰を入れるということだ。

日本の実情はそうでもない。警察官を殺したからといって、特別に罪が重くなるという法律もない。

ロシアではどうなのかよくわからない。だが、もし、ＦＳＢの捜査官が殺されたら、犯人に同情したくなるような事態になることは想像に難くない。タチアナは、おそらく日本の常識よりも、アメリカやロシアの常識に慣れ親しんでいるはずだ。

だから、倉島の言葉に反応したのだ。

タチアナは、またシロコフと何事か相談していた。

シロコフがじっと倉島のほうを見た。それから、急に興味を失ったように目をそらした。

タチアナが言った。

「シロコフは、あなたを殺すつもりはないと言っている」

倉島は、思わず聞き返した。

「殺すつもりはない？」

「確認したいのは、なぜ公安がシロコフのことを知っていて、刑事にそれを知らせないのかということ。こたえてもらうわ」

「僕たち公安は、シロコフの目的を知ることが第一だ。それを知る前に刑事たちに身柄を拘束されたくない」

「ものすごく奇妙な話に思えるわね。刑事にしろ公安にしろ、まずシロコフを捕まえてから尋問しようとするのが普通でしょう。なぜ、あなたはそうは考えないの？」

「刑事や検察は、殺人の事実を証明できればそれでいいんだ。だが、公安は違う。殺人の背後にあるものを探らなければならない」

「シロコフの身柄を拘束する必要はないということ？」

「そうじゃない。実際のところ、今までシロコフの所在を確認できなかったんだ。拘束のしようもなかった」

タチアナは、思案顔だった。

「刑事にシロコフのことを知らせていないということは、シロコフが日本にやってきた目的を、まだ知らないということね？」

「残念ながらそういうことだ。今ここで教えてほしいがね……」

「もう一度言うわ。それを知ったら、あなたは生きてはいられない。四人はそのために死んだのよ」

タチアナは、質問も反論も許さないといった口調で、続けて言った。「さあ、話は終わりよ。ここから出るのよ」

「俺を解放すれば、すぐに応援を呼んで、あんたたちを逮捕する」

「私たちは、それほど間抜けじゃない」

倉島は、出口に向かうように言われた。シロコフは絶妙な間合いを取って、常に背後にいた。こちらの攻撃にすぐ対処できる距離だ。倉島が何か行動を起こしたら、迷わずダガーナイフで急所を一突きするつもりだ。

その意図が背中にひしひしと伝わってくる。タチアナがシロコフの隣にいる。

ここを出たら、すぐに白崎と西本に知らせよう。

そう考えていたが、思い通りにはならなかった。タチアナとシロコフは、倉島とともにタクシーに乗り込んだ。

ソニー通りから第一京浜に出たところで、タチアナが運転手に停めるように言った。それから、倉島に命じた。

「ここで降りて」

倉島は、逆らえなかった。というより、どうしていいかわからなかったのだ。相手の言いなりになるしかなかった。

倉島が歩道に立つと、タチアナとシロコフを乗せたタクシーは走り去った。

そのときになって、死の恐怖がじわじわと押し寄せてきた。もう少しで死ぬところだったと実感して、膝がわらった。

携帯を取り出す手が震えていた。

「倉島か？」

白崎の声が聞こえた。そのとたんに、歩道に崩れ落ちそうになった。標識の支柱につかまって辛うじて立っていた。

「シロコフと接触しました。今まで、同じタクシーに乗っていました。五反田のソニー通りから乗り第一京浜を田町方向に進みました」

倉島は、タクシー会社と、記憶した車両番号を告げた。

「すぐに手配する」

「これから、そちらへ戻ります」

「わかった」

電話が切れた。

携帯電話を背広の内ポケットにしまおうとして、歩道に落としてしまった。拾おうとしたときに、不意に吐き気を催した。再び、標識の支柱にもたれて、胃の中のロシア料理を吐いた。傍目《はため》には酔っぱらいにしか見えないだろう。意識していた以上に緊張していたらしい。

恐怖と緊張が癒えてくると、再び猛烈に腹が立ちはじめた。

人の家の庭で好き勝手やりやがって……。

そんな気分だった。

庭の花壇を土足で踏み荒らされているように感じる。

だが、シロコフを目の前にして、どうすることもできなかった。それが、また悔しかった。

シロコフは、倉島を殺す気はないと言った。殺す必要もないということだろう。自分にとっての脅威ではないと判断したのだ。

つまり、なめられたということだ。結局、シロコフの目的が何なのか聞き出すこともできなかった。それどころではなかった。

もっとましなことはできなかっただろうか。そんな思いに苛まれていた。

無事に解放されただけでも御の字なのかもしれない。

だからといって、ほっとしていられる立場ではなかった。

連続殺人の実行犯と接触していながら、みすみす取り逃がしたのだ。警察官として、とんでもない失態だ。

悔しさ、恥ずかしさ、怒り、無念……。

いろいろな感情が交差していた。タクシーを拾って警視庁に向かったが、その車中でも、心は乱れていた。

次第に落ち着きを取り戻すと、屈辱感だけが色濃く残っているのに気づいた。無傷で解放されたのは、どうせ倉島には何もできないとシロコフが判断したからだ。

のこのことタチアナについて、セーフハウスに姿を現した倉島を見たら、そう思うのも当然かもしれなかった。

なんとか、シロコフを見返してやりたい。そのためには、彼の計画を暴くことだ。ロシア国内の権力闘争には口出しはしない。だが、日本国内で、二人の日本人を殺害したことに関しては、きっちりと罪を償ってもらう。

タクシーが警視庁に着く頃には、倉島の気分は鎮まっていた。


白崎と西本だけでなく、上田係長も倉島の帰りを待っていた。

「どうやってシロコフと接触した。経緯を話せ」

上田係長に言われて、倉島はこたえた。

「ある情報源の一人が、もしかしたらシロコフのことを知っているかもしれないと思い、呼び出して、西本が入手した写真を見せました」

それから、セーフハウスに連れて行かれるまでのことを、詳しく説明した。

「セーフハウスの所在地は？」

「東五反田二丁目……」

上田係長は、舌打ちした。

「そのあたりにはロシア人がたくさん住んでいる。うかつだったな」

白崎が言った。

「今から踏み込んでも無駄でしょうね……」

上田係長は言った。

「無駄ということはない。部屋から一切合切を押収してくるんだ」

倉島は上田係長に尋ねた。

「自分たちが行くんですか？」

「当たり前だ。誰に行かせるつもりだ」

言われてみればそのとおりだ。刑事たちに知らせるわけにもいかない。今のところ、公安のバックアップもいない。

倉島たち三人でやるしかないのだ。倉島は、さらに尋ねた。

「それで、逃走したタクシーについては、どんな手配をしたんです？」

上田係長は苦い顔でこたえた。

「何もしていない」

倉島は驚いた。

「どういうことですか？」

「どういうことって、言ったとおりだ。何ができるというんだ？　緊急配備《キンパイ》でも要請するのか？　通信指令本部に、何と言うんだ？　連続殺人の容疑者が逃走しているとでも言うのか？」

言われて初めて気づいた。

警察内部で、シロコフのことを知っているのは、公安のごく限られた者だけだ。もし、上田係長が課長に報告していないとしたら、ここにいる四人だけということになる。

連続殺人犯が逃走している、などと言って緊急配備を要請したら、刑事部が黙ってはいないだろう。なぜ実行犯の容疑者を知っていて隠していたかと、公安部に猛然と抗議してくるに違いない。

「すいませんでした」

倉島は言った。「もっと慎重に行動すべきでした」

上田係長は、突き放すように言った。

「そんなことを言っているときじゃない。おまえがシロコフと接触したことで、私たちの持ち時間は少なくなった。じきに連続殺人の特捜本部にシロコフのことを教えなければならなくなる。それまでに、何としてもシロコフの入国の目的を探りたい」

「はい……」

上田係長は、相変わらずつっけんどんな口調で言った。

「だが、まあ、実際にシロコフに会ったことで、こっちもポイントを稼いだことになる。やつを見つけたんだ。シロコフの尻にも火がついたということだ」

珍しく上田係長がほめてくれたのだ。そのことに気づくまで、少し時間がかかった。

19

上田係長への報告を終えたときには、すでに夜の十時半を過ぎていた。だが、やるべきことはやっておかなければならない。

係長が裁判所に申請した、捜索押収令状の発行を待ち、倉島は、白崎、西本とともにタチアナたちがセーフハウスとして使用していた東五反田二丁目のマンションの部屋を、再び訪ねた。

令状の発行までに時間がかかり、部屋に到着したのは、すでに深夜零時に近かった。

西本が管理会社に連絡をしており、管理人が立ち会ってドアの鍵を開けてくれた。

「どういうトラブルなんです?」

白髪の管理人がいかにも迷惑そうに、白崎に尋ねている。一番年上の白崎を責任者だと思ったのだろう。この時刻なのだから、迷惑に感じるのは当然だ。

白崎がこたえる。

「なに、ちょっと泥棒が入ったかもしれないという通報がありましてね……」

「泥棒ったって……。こうして鍵がかかってるんだし、マンション自体がオートロックだし……」

「窃盗犯は、あの手この手で侵入を試みるんですよ。どんなセキュリティーも、百パーセント安全とは限りません」

「仲間内の犯行なんじゃないの? だから、外国人に部屋を貸すのは、私は反対なんだよ」

白崎はかすかに笑みを浮かべてみせた。

「中を調べますが、立ち会われますか？」

「そうしたほうがいいかい？」

「ええ、そうすれば、私たちの責任が軽くなりますからね……」

管理人は、嫌な顔をした。

「私がいなければ、あんたたちが百パーセント責任を負ってくれるということかね？」

「そうですね。何かあったときの話ですが……。だいじょうぶ、中を調べて必要なものを運び出すだけですから……」

「鑑識とか、来ないのかい？」

テレビドラマなどの影響で、素人でもそういうことを知っている。

白崎は、ほほえんだまま言った。

「それほど大げさなことじゃないんです。指紋や足跡の採取が必要だったら、自分らがやります」

「へえ、そういうものなの……。じゃあ、私は管理人室にいることにするよ。帰りに寄ってくればいい」

実際、小さな窃盗事件などの際には、現場の刑事が、証拠の採取をすることも珍しくはない。地方では地域係がやることもある。

もちろん、倉島たちも証拠の採取に関する研修を受けているものの、たいていの場合は鑑識係に任せる。だが、鑑識は刑事部に属している。今回は、鑑識に声をかけられないのだ。

上田係長が言ったとおり、早晩シロコフのことを刑事たちに話さねばならないだろう。

すべてにおいて急がねばならない。倉島はそう思いつつ、タチアナたちのセーフハウスを捜索した。

男物の衣類が少々。それも最低限のものしか置かれていない。書類の類は一切なし。

おそらく、これはシロコフの衣類だ。それを持ち帰って分析することにした。血液型やＤＮＡのパターンがわかるかもしれない。

公安捜査員にとって、洗面所は証拠の宝庫だ。唾液のついた歯ブラシ、毛髪、皮膚を擦《こす》りつけた石鹸などがある。

そうしたものが、貴重な情報として蓄積されていく。そうして、シロコフは次第に丸裸にされていくのだ。

「いつでも引き払えるように、用心していたようだな」

白崎が言った。

「当然の心がけだよね」

西本が言う。「小さな旅行鞄かリュック一つでいつでも移動できるようにしていたんだろう」

そういえば、シロコフは部屋を出るときに、リュックを背負っていた。西本に言われて思い出した。

押収したものは、段ボール箱一つに満たなかった。

本庁に持ち帰り、細かな分析が必要なものは、鑑識が接触しないように、科学捜査研究所に送ることにした。必要なら、科捜研から大学の研究室や企業の研究所に協力を要請することになる。

いずれにしろ、一両日中にはさまざまな結果が出るだろう。

時計を見ると、日付が変わって午前二時になろうとしている。金曜日の朝だ。大木天声からの電話で起こされたのは、今朝、正確に言うと昨日の朝のことだ。長い一日だったが、興奮状態にあるせいか、眠気をまったく感じなかった。

それでも、休んでおいたほうがいい。今日はもうできることはないだろう。

シロコフとタチアナの行方はまったくわかっていないが、一つ確かなのは、二人とも国外逃亡することはあり得ないという点だ。

シロコフはまだ目的を果たしていない。そして、シロコフが活動するためには、タチアナの協力が必要だ。

明日、ロシア通商代表部に電話をして、タチアナのことについて尋ねてみようと思った。無駄なことだとは思う。タチアナは、おそらくどこかの組織のスパイだ。

通商代表部の幹部がそのことを知らないはずがない。どんなに日本の警察が尋ねても、強固な防波堤を築いてしまうに違いない。

だがやらなくてはならない。

「自分は、帰って休みます」

二人に言うと、白崎がこたえた。

「ああ、私もそうしよう。とにかく、今日はシロコフを発見し、接触した。係長も言っていたが、大きな進展だ」

同じ距離を進んだとしても、小さな池の中と大海原とではまったく意味が違う。そんなことを思いながら、倉島はエレベーターホールに向かった。

ベッドに入ってもなかなか寝付けなかったが、気がついたら朝になっていた。

定時に警視庁に出ると、すぐに上田係長に呼ばれた。

「ペルメーノフが殺害される日に会っていたという編集者の話をしていたな？」

「はい、殺害される前、最後に会った人物です。酒井秀則といいます」

「白崎たちと三人で、その酒井を張れ」

「どういうことですか？　酒井に何か怪しい点でも……？」

上田係長は、倉島のほうを見ずに返事をした。

「いいから、言われたとおりにしろ」

「了解しました」

そう言うしかなかった。

席に戻り、白崎と西本に上田係長の指示を伝えた。

白崎が、眉をひそめた。

「酒井という編集者が事件に何か関係しているということだろうか……」

西本が言う。

「……あるいは、酒井に危険が迫っているか……」

白崎が聞き返した。

「危険が迫っている？　シロコフか？」

「ペルメーノフが、殺されたのと同じ理由で、酒井が狙われる可能性があるということだろう」

「つまり、ペルメーノフから何か聞き出したと……」

「実際にはどうかわからないが、シロコフがそう考えてもおかしくはない」

倉島は、二人に言った。

「出かける前に、電話を一本かけたいのですが……」

「好きにすればいい」

西本が言った。「リーダーはあんただ」

二人は、自分の席に戻って待機した。倉島は、ロシア通商代表部に電話をした。

「はい、在日ロシア連邦通商代表部」

聞き慣れない女性の声が応じた。見事な日本語だが、タチアナより多少たどたどしい。

「タチアナ・アデリーナさんはいらっしゃいますか?」

「失礼ですが、どちら様でしょう?」

「倉島と申しますが……」

「タチアナは、長期の休暇を取っています」

「休暇ですか?　いつお戻りですか?」

「未定となっております」

「未定……。戻らない可能性もあるということですか?」

「私にはわかりません。上司と代わりましょうか?」

「いえ、それにはおよびません。ありがとうございました」

倉島は電話を切った。

タチアナは、倉島の前から姿を消した。それだけは確かだった。おそらく、もう通商代表部に戻ってくることはないだろう。

通商代表部そのものに極東軍の息がかかっており、シロコフのバックアップをしているのだろうか。

倉島は考えた。

いや、そうではないだろう。

通商代表部を統括しているのは、あくまでロシア中央政府の経済発展貿易省だ。海外企業の誘致や自国製品の売り込みのための重要な役割を担っている。

組織ぐるみで、極東軍のきな臭い活動に協力するとは思えない。

それに、通商代表部全体でシロコフに協力しているのなら、タチアナが姿を消す必要はない。

タチアナを匿《かくま》っているとも考えられるが、おそらくそれはないだろう。今ごろ、タチアナの上司は、突然の休暇願に戸惑っているに違いない。

タチアナは、いったい何者だったのだろう。GRU（ロシア連邦軍参謀本部情報総局）など、中央の組織のエージェントとは思えない。やはり、極東軍の何らかの組織に所属しているのかもしれない。

極東軍に独自の情報組織があるかどうか、倉島はまだ調べてはいなかったが、あって不思議はない。いや、むしろないほうが不自然だ。

タチアナは、その類の組織に属していると考えるべきだろう。

倉島と接触することで、シロコフとタチアナは完全に地下に潜った。そう判断しなければならない。シロコフはいっそう手強くなったわけだ。

だが、シロコフと接触する方策がすべて絶たれたわけではない。酒井を張っていれば何かが起きる。上田係長の指示はいつも的確だ。

おそらく、酒井について、何かの情報を得ているに違いない。

倉島は、白崎と西本に声をかけた。

「出かけられるか?」

白崎が言った。

「いつでも出られるよ」

西本が言った。

「所在を確認したほうがいい。編集者の勤務は不規則なんだろう?」

そうだった。酒井が午前中から出社しているとは限らない。倉島は、机上の電話から酒井の会社に電話してみた。

女性が出て、酒井はまだ出社していないと告げた。

倉島は受話器を置くと、西本に言った。

「おそらく出勤は午後だろう。先日もそうだった」

西本が言う。

「張り込みなら、自宅から始めるべきじゃないのか?」

いちいちもっともらしいことを言う。だが、西本の言うとおりだ。

倉島は、先日面会したときに聞き出した携帯電話にかけてみた。呼び出し音は鳴っているが、なかなか出てくれない。

諦めて切ろうとしたときに、ようやくつながった。

「はい……」

不機嫌そうな声が聞こえる。寝起きの声だ。

「すいません。先日お会いした警視庁の倉島です。お休みでしたか？」

「ええ、まあ……」

「その後、何か思い出されたことはありませんか？」

「いや、特にありませんね……」

「今、ご自宅ですか？」

「そうです」

倉島は自宅の住所を確認した。杉並区天沼二丁目だ。

「お休みのところ、どうもご迷惑をおかけしました」

「いいえ……」

いかにも迷惑だという口調でそう言うと、酒井は電話を切った。

倉島は、白崎と西本に言った。

「酒井は、自宅にいます」

「わかった。車両の用意は私がする」

白崎が言う。すると、西本が言った。

「三人雁首を並べても仕方がないな。張り込みは二人でやって、一人が休む。そして、二人のうち一人が交替していくという態勢でいこう」

異論はないが、一番若い西本に方針を出されると、ちょっと頭に来る。

倉島は、白崎に言った。

「どう思います？」

「それが一番いいと思う」

「じゃあ、決まりだ」

西本が言った。「まずは、俺が待機をする」

調子のいいやつだと思ったが、言い出しっぺなのだから、仕方がないと思った。それに、最初に西本を行かせなければならない理由もない。

考えてみたら、西本は夜の張り込みを買って出たとも言える。倉島は、白崎と二人で出かけることにした。


杉並区天沼のあたりは、古い住宅街で、一戸建てが密集している。道が細く、駐車場所どころか、車が通行すること自体に苦労するような土地だった。

白崎がハンドルを握っていた。こういう場合、後輩が運転するものなのだろうが、白崎が用意した車だったし、自分で運転すると言ったので、あえて逆らわなかった。

「こりゃ、へたをすると、車を降りて外で張り込むことになるかもしれんな……」

それはうんざりだと思った。

ただでさえ外の張り込みは辛い。師走の寒風の中では、たちまち体が冷えてしまうだろう。

だが、幸いなことに、酒井が住むマンションのあたりは、比較的道幅が広くなっており、なんとか路上駐車も可能な様子だった。

歩道と車道がほぼ同じ高さだ。縁石などもない。白崎は、少しだけ歩道にはみ出すような形で駐車して、他の車両が通行できる道幅を確保した。

そこからなら、酒井が住むマンションの玄関が見て取れた。

「自分が見張っていますから、白崎さんは休んでいてください」

「それじゃ、そうさせてもらうか……」

白崎はシートを倒した。無理をしないのが、張り込みのコツだ。

昔は、トイレに苦労をしたものだそうだ。公園などが近くにあれば、そこの公衆トイレで用足しをする。

だが、張り込みの現場の近くに常にトイレがあるとは限らない。そういうときは、近くの民家にトイレを借りに行ったこともあるそうだ。

今は、コンビニができてずいぶんと楽になった。コンビニは、トイレだけでなく食料の調達にも役立つ。まさに、張り込みのためにあるような存在だと、倉島は思う。

今回も、近くのコンビニの場所を確認していた。

倉島は、助手席からマンションの玄関を眺めていた。真剣に見つめてはいけないと、かつて先輩の捜査員に言われたことがある。

人間の集中力というのは驚くほど保たない。せいぜい十五分ほどしか持続しないのだそうだ。集中すればするほど、それが途切れたときに、油断が生じる。だから、あまり集中しないように、力を抜いた状態で監視を続けるのが一番だというのだ。

ちらりと運転席の白崎を見ると、倒したシートの上で目を閉じていた。寝ているのか起きているのかわからない。おそらく眠ってはいないだろう。

目を閉じて休んでいるだけだ。張り込みでは、うまく休息を取ることも重要だ。いざというときに居眠りでもしていたら、取り返しがつかないことになる。

眼をマンションの玄関に転じたとき、突然白崎の声がしたので驚いた。

「この張り込み、そう長くはならんな」

フロントガラスから前を見たまま、倉島は尋ねた。

「なぜ、そう思うんです?」

「係長が指示したんだろう。きっと近いうちに何か起きる」

そうかもしれない。

倉島は思った。上田係長の辞書に「無駄」という言葉はないらしい。

「それにな……」

白崎はさらに言った。「シロコフだってぐずぐずしてはいられない。そうだろう?」

上田係長は、シロコフの尻にも火がついていると言っていた。

「そうですね」

倉島は、そうこたえただけだった。

20

午後になって、動きがあった。酒井がマンションから出てきた。

「出たぞ」

そのとき、白崎が監視をして倉島が休憩をしていた。白崎の声で身を起こした。

白崎がゆっくりと車を出す。酒井は、細い路地に入っていった。

「ここは車じゃ無理だな……」

白崎がつぶやく。倉島は言った。

「自分が徒歩で尾行します」

「電話で、連絡を入れてくれ」

運転しながら携帯電話に出たら道交法違反になる。だが、そんなことは言っていられない。

「了解しました」

倉島は、助手席のドアを開けて車を降り、酒井の追跡を開始した。酒井はまったく警戒していない様子だ。当然だ。まさか、自分が尾行されることになるなどとは、思ってもいないだろう。

倉島は、携帯電話を取り出して白崎にかけた。

「酒井は、荻窪駅に向かう模様です」

「了解した。JRか地下鉄を利用するんだな。おまえさん、そのまま尾行してくれ。電話しにくかったら、メールをくれ」

「了解しました」

酒井は、地下鉄東西線を使った。おそらく通勤に使っているのだろうと、倉島は思った。酒井の会社は、九段下からも神保町からも近い。

東西線ならまっすぐ九段下に行ける。九段下で半蔵門線に乗り換えたとしても、神保町までは一駅だ。

酒井は、ドアの脇の席に座って雑誌を読みはじめた。倉島は、同じ側の離れた場所に腰を下ろした。向かい側だと見つかる可能性が高まる。

別に見つかっても問題はないのだが、尾行は気づかれないに越したことはない。

倉島は、主な通過駅を、白崎にメールした。思った通り、列車が九段下に着くと、酒井は降車した。間に必ず数人を挟むようにして尾行を続ける。酒井は、九段下駅から徒歩で会社までやってきた。通用門から社屋のビルに入っていった。

倉島は、白崎に電話をした。

「酒井は、出社したようです」

「わかった。今、そちらに向かっている。会社の前で合流して、監視を続けよう。あと五分ほどで着く」

「了解しました。会社の前で待っています」

白崎が運転する車は、七分後にやってきた。酒井の会社のビルは、専大通りに面している。白崎は、ビルの向かい側に駐車した。

倉島は、専大通りを横断して助手席に乗り込んだ。

「会社のほうに移動したことを、西本に知らせておいたよ」

白崎が言った。

「まさか、シロコフも、会社で酒井を襲撃したりはしないでしょう」

「これまでの、シロコフの手口を見ると、いずれも、自宅の付近で犯行に及んでいる。プロは自分のパターンを崩さない」

「つまり、酒井が自宅に戻るタイミングが危険だと……？」

「いずれにしろ、張り付いていることだ」

「はい」

酒井の張り込みに専念していていいのだろうか。他に何かやることはないだろうか。

倉島はそんなことを思った。

だが、張り込み以外にやるべきことが思いつかない。捜査本部や特捜本部のように、集中的に多くの人員を動かせるなら別だ。今は、三人しかいないのだ。

酒井はたしかに、ペルメーノフが殺害される前に、最後に会った人物だ。だからといって、シロコフが酒井を襲撃するだろうか。

そういう戸惑いはあった。だが、上田係長の指示なので、従わざるを得ない。

長い張り込みにはならないだろうと、白崎は言った。それを願うしかない。

専大通りに路上駐車をしたまま、監視を続けた。最近は、所轄の交通課が捜査車両にも平気で駐禁の切符を切るという話を聞いたことがあるが、本当かどうか倉島にはわからなかった。

刑事たちは、張り込みのときによく猥談をするらしい。倦怠感や眠気を追いやるにはいい方法だと倉島は思った。

だが、白崎と倉島はそれを真似る気にはなれなかった。ただ、黙々と監視を続けた。

酒井が会社を出たのは、午後七時過ぎだった。また、倉島が徒歩で尾行をして、白崎に連絡を入れるという方法を取った。

酒井は、荻窪までやってくると、まっすぐ自宅へは行かず、駅前の飲食店街に向かった。そして、縄暖簾のかかった小さな居酒屋に入った。

店に入るときの仕草や表情で、そこが行きつけの店であることがわかった。夕食を兼ねて一杯やろうというのだろう。

電話でそのことを白崎に告げると、こう言われた。

「その通りに車は入れない。店の出入り口を見張れるような別の店はあるか?」

「ありませんね。付近の店は通り側には窓がありません」

「じゃあ、外に立って見張るしかない。三十分ごとに交替しよう」

冬の三十分は長い。だがやらなければならない。結局、酒井が店を出てきたのは、二時間後の、午後九時四十五分頃だった。

酒井は自宅マンションに戻った。白崎は午前中と同じ場所に車を停めた。

「今日はこれで終わりでしょうかね?」

倉島が言うと、白崎がかすかに笑った。

「張り込みは、これからだよ」

あと一時間で、白崎と西本が交替するというときに、酒井が再び玄関に姿を見せた。昼間と同じ段取りで、尾行することになった。倉島が車を降りて徒歩で尾行する。

酒井はジャージの上にハーフコートを羽織っている。遠出をする服装ではない。時計を見ると、深夜零時三十分。住宅街なので、あたりは静まりかえっており、人通りも少ない。

倉島は、白崎に電話した。

「酒井は、神社の境内に向かっている様子です。自宅から歩いて五分ほどの熊野神社です」

「わかった。俺もこれからそちらに向かう」

こんな時刻にお参りでもあるまい。考えられることはそれほど多くはない。誰かに呼び出されたのかもしれない。

そういえば、世田谷区鎌田で殺害された暴力団員の野田誠司も、スウェットの部屋着の上にダウンジャケットを着ていた。散歩に出かけるような恰好だと、峰《みね》組対四課長が言っていた。

野田は電話か何かで誰かに呼び出されたのだろう。日本語が話せないシロコフには無理だ。おそらく、タチアナが呼び出したのだ。

野田の組は、ロシアへの密貿易などを資金源としていた。通商代表部のタチアナと知り合いだった可能性もある。

酒井を呼び出したのもタチアナかもしれない。ロシア人であるタチアナに、殺されたペルメーノフのことで話があると言われれば、酒井も会ってみようという気になるだろう。

神社に呼び出されるというのは、冷静に考えれば奇妙だが、人間は咄嗟になかなかそこまで考えられない。だから、オレオレ詐欺や振り込め詐欺の被害がなかなか減らないのだ。

何か変だということに、たいていは後から気づくのだ。

酒井は、恐れたり迷ったりする様子もなく神社の境内に入っていく。境内には常夜灯があり、かすかに明るい。

倉島は、鳥居に身を寄せて酒井の様子をうかがっていた。そこに白崎がやってきた。白い息を吐きながら、白崎は小声で尋ねた。

「どんな様子だ？」

「まだ誰も接触してきません」

「西本にすぐ来いと言っておいた」

ここでシロコフの身柄を押さえられたら、昨日の雪辱が果たせる。そんなことを思っていた。

「おい……」

白崎の押し殺した声が聞こえた。倉島は、酒井のほうを見た。誰かが近づいていく。

薄明かりで一瞬その人相が見て取れる。

タチアナだ。

倉島は、白崎に伝えた。

「シロコフの協力者です」

「間違いないか？」

「間違いありません」

「よし、身柄確保だ」

「はい」

倉島と白崎が駆け足で近づくと、酒井とタチアナは同時に振り向いた。

タチアナは逃げ出すものと思っていた。だが、そうではなかった。冷ややかに、倉島のほうを見ている。

「タチアナ」

倉島は言った。「殺人幇助の疑いで逮捕する」

「危ない。気をつけろ」

そう言ったのは、酒井だった。

「なに……？」

倉島は、思わず酒井のほうを見ていた。そのとき、木陰から人影が飛び出してきた。酒井が倉島に体当たりした。

光るものが、すぐ近くを通り過ぎていった。

タチアナが、白崎の股間を蹴り上げるのを横目で見ていた。倉島は混乱していた。

木の陰から飛び出してきたのはシロコフであり、酒井が体当たりしなかったら、倉島は刺されていた。それに気づいたときには、白崎は地面にうずくまって苦悶しており、シロコフとタチアナは姿を消していた。

「くそっ」

倉島は、立ち上がり参道を駆けた。車が走り去る音が聞こえた。タチアナの車に違いない。

音のするほうに行ってみたが、すでに車の姿はなかった。

白崎たちのところに戻ると、酒井が言った。

「逃げられたか？」

倉島は酒井の態度を訝しく思いながらこたえた。

「ええ……」

「まあ、怪我がないだけめっけもんか……」

ただの編集者とは思えなかった。

「あの……、あなたは……？」

「上田係長に聞いていないのか？」

「ただ、あなたを張れとだけ……」

酒井はあきれた顔になった。

「あの人らしいな」

ようやく白崎が起き上がり、会話に加わった。

「いったい、どういうことになっているんだね？」

顔が青く、額に脂汗を浮かべている。股間を蹴り上げられると、男なら誰でもこうなる。

酒井がこたえた。

「俺は、公安の捜査員だよ」

「編集者というのは嘘ですか？」

「嘘じゃない。実際に俺はあの出版社の社員でもある」

身分を秘匿して商社などに勤めている公安の捜査員は少なくない。そういう話は聞いていたが、本物に会ったのは初めてだった。

警視庁公安部の捜査員は、正式に発表されている人数の三倍はいるという話もある。それが、事実かどうか、公安部に所属している倉島ですら知らない。

「最初に会いに行ったときに、どうして言ってくれなかったんですか」

倉島は言った。

「言えるか。たとえ、身内にだって本当の身分を教えるわけにはいかない」

「でも、結局教えてくれたじゃないですか」

「今回は特例だ。俺は、ペルメーノフを通じて知り合ったロシア人に、ペルメーノフが死ぬ前にある秘密を語ってくれたと伝えた。そうすれば、それがいずれシロコフの耳に入ることになると踏んでいた」

「タチアナを知っていたのですか?」

「タチアナ・アデリーナ……。直接会ったことはなかったが、素性はある程度知っていた」

「僕はタチアナが協力者だと思い込んでいたのです。本当は何者だったのですか?」

「極東軍情報部の少佐だよ」

「やっぱりそうでしたか」

白崎が言った。

「せっかく段取りして、囮《おとり》にまでなってくれたのに、シロコフとその協力者を取り逃がしたというわけだな……」

「そう」

酒井はあっさりと言った。「かなり、がっかりさせられたね」

倉島は、言葉もなかった。

酒井が続けて言った。

「あいつらが、これほど早く俺に接触してくるとは思わなかった。でも、そのことで俺の知り合いのロシア人が、かなりタチアナやシロコフに近い立場にいることがはっきりした。そいつは収穫だった」

酒井は、西本と同様に楽観主義者のようだ。一流の公安捜査員の大切な条件の一つだ。

「あの……」

倉島はおずおずと尋ねた。「ペルメーノフが死ぬ前に、重要な秘密をあなたに話したというのは、本当のことなんですか？」

「本当なわけないだろう。だが、シロコフをおびき寄せるには充分だったな」

「じゃあ、シロコフが日本に来た目的を知らないのですね」

「俺は知らない。だが、知っているやつはいると思う」

「誰です？」

酒井は、うんざりしたような顔をした。

「何のために臼井小枝子に会いに行けと言ったと思っているんだ」

倉島は、はっとした。

酒井は、あくまで編集者としてペルメーノフと接していたのだ。ペルメーノフがいくら心を許していたとしても、編集者である酒井に重要な秘密を話すとは思えない。

だが、親しい女性ならどうだろう。ベッドでつい秘密をしゃべってしまうというのはよくあることだ。

倉島は尋ねた。

「もしかして、臼井小枝子も公安の捜査員ですか？」

酒井は顔をしかめた。

「ペルメーノフは、回りを公安で固めるほどの重要人物じゃないよ。臼井小枝子はただの一般人だよ」

倉島は言った。

「臼井小枝子にもう一度話を聞いてきます」

「そうすべきだな」

「酒井さんは、今後、僕たちに協力してくれないんですか？」

「俺は、あくまでも出版社の社員として生きていかなきゃならない。悪いがこれまでだな」

「シロコフ相手に、三人だけじゃ分が悪すぎます」

「あんたたちは、同じ三人でヴィクトルと渡り合ったんだろう？　やれるさ」

「ヴィクトルを知っているのですか？」

「今や、公安の伝説だよ」

「これ以上、シロコフに好き勝手はさせられません」

「今日取り逃がしたことで、多少事情は変わってくるだろうな」

「どういうふうに？」

「シロコフのことを、これ以上公安だけで押さえておくのは無理だ。連続殺人の特捜本部に情報を与えて、指名手配などの措置を取ることになるだろう」

「シロコフが日本に来た目的がわからなくなる恐れがあります」

「だから さ……」

酒井は、出来の悪い生徒に言い聞かせる教師のような口調で言った。「こっちも一刻も早くそれを知る必要があるんだよ。臼井小枝子がきっと何かを知っている。ということは、早晩、シロコフは臼井小枝子に近づくということだ。今度はヘマをやるな」

そう言うと、酒井は、歩き去ろうとした。

「待ってくれ」

白崎が厳しい眼差しを酒井に向けていた。

「何だ?」

「私は、ペルメーノフを情報源として使っていた。あんたはそれを知っていたのか?」

酒井がこたえた。

「そうか、ペルメーノフと接触していた公安捜査員というのは、あんただったのか……。ペルメーノフから話は聞いていた。だが、あんたとは立場が違った。俺はあくまで編集者としてペルメーノフと付き合っていたんだ」

「私は今、自分がひどく間抜けな気がしているんだがな……」

「そんなことはない。役割分担だと割り切ればいい」

酒井は、背を向けると何事もなかったかのような落ち着いた足取りで歩き去った。

「へえ、たまげたな……」

駆けつけた西本に、車の中で神社の境内での出来事を説明した。すると、西本はそう言った。

「なるほどね。だから、上田係長は、酒井に張り付けと言ったんだ」

倉島はうなずいた。

「そういうことだな」

「じゃあ、そのペルメーノフの彼女だった女に会いに行こうぜ」

「今からか?」

すでに、深夜の一時を回っている。

「捜査に時間は関係ないだろう。その女、まだ起きているかもしれない。寝てたら起こせばいいんだ」

「でも……」

「明日まで待てるほど、俺たちに余裕があるのか?」

そう言われて少し考えた。

「よし、行こう」

白崎は無言でシフトレバーをドライブに入れた。臼井小枝子の住所はすでに白崎に告げてある。

車に戻ってから、白崎はほとんど口を開かない。酒井は役割分担だと言ったが、やはり面白くないのだろう。

ペルメーノフが殺されたことが、白崎にとってショックだったのは間違いない。その上、別の公安捜査員が接触していたことがわかったのだ。

だが、やはり酒井が言ったことが正しいのだと倉島は思った。白崎は失敗をしたわけではない。

機会があれば、それを言ってやろうと思っていた。

やはり、西本の楽観主義に従うのが正解のようだ。臼井小枝子の部屋の明かりはまだ灯っていた。部屋を訪ねると、臼井小枝子は、先日と同じスウェットの上下で現れた。

「ちょっと、お話をうかがいたいのですが……」

小枝子は、眉をひそめた。

「こんな時間にですか？」

「申し訳ありません。急を要しまして……」

「仕事中なんです。締め切りがあるんです」

小枝子はフリーライターだと言っていた。付き合っていた男性が死んだばかりだが、仕事を休んでいるわけにはいかないらしい。

「お時間は取らせません」

倉島が言うと、西本が付け加えた。

「もっとも、そちらの返答次第ですがね……」

小枝子は、西本をしげしげと見た。

「聞きたいことは何です？」

今日は、部屋に上げてはもらえないようだ。倉島は、玄関に立ったまま質問を始めることにした。

「ペルメーノフさんは、何かの秘密を知っていたがために殺害されたのかもしれないと、我々は考えています」

小枝子の表情が厳しくなった。

そういえば、最初に彼女と連絡を取ったとき、妙に用心深かったのを思い出した。彼女は何かを警戒していたのだ。

「秘密……？　どんな秘密です？」

「それをあなたがご存じなのではないかと思ってお訪ねしたのです」

小枝子は、しばらく無言で何事か考えている様子だった。やがて、彼女は言った。

「たしかに、ミーシャは何か大きなネタをつかんだと言っていました。それは大きな危険が伴う秘密だと言ってた……。でも、私はそれを本気で信じてはいなかったのです。ミーシャが殺されるまでは……」

「その秘密の内容をご存じですか？」

「ミーシャからは、ただ一言聞いただけでした」

「一言……？　どんな一言ですか？」

「釧路、留萌……。それだけです。北海道の地名だということはわかっています。でも、それ以上のことは、いくら尋ねても説明してくれませんでした」

倉島はつぶやいた。たしかに北海道の地名だ。

「釧路、留萌……」

それがどうしたというのか。それが、殺されるほどの秘密とどう関わっているのか……。ただ謎が深まっただけだ。

倉島がそんなことを思っていると、西本が小枝子に言った。

「こんな時間にお訪ねして申し訳ありませんでした。ご協力を感謝します」

勝手に話を切り上げてしまった。

この唐突な展開に、小枝子のほうが戸惑った様子だった。倉島も驚いていた。

小枝子が西本に尋ねた。

「釧路、留萌……。これ、どういう意味なんですか？」

西本はこたえた。

「『釧路・留萌ライン』をネットで検索してごらんなさい」

「はあ……」

西本は、会釈をして部屋の前を離れた。倉島と白崎は、小枝子に礼を言ってから、西本を追った。

背後でドアが閉まる音が聞こえる。倉島は、西本に言った。

「おい、どういうことなんだ？」

「臼井小枝子は、何も知らない。だが、ヒントをくれた」

「釧路、留萌というのがヒントなのか？」

西本が立ち止まって倉島の顔をしげしげと見た。

「あんた、本当にロシア担当なのか？」

「説明してくれ」

「ロシア、釧路、留萌とくれば、ぴんと来そうなものだ。第二次大戦後、ソ連のスターリンが、アメリカのトルーマン大統領に対して北海道を真っ二つに分割してソ連領とすることを要求した。釧路・留萌ラインはその北海道分割ラインだよ」

あっと、倉島は心の中で声を上げていた。

当然、知識としてはあった。

「どうして、すぐに思い出さなかったのかな……」

倉島の言葉に対して、白崎が言った。

「無理もない。まさか、戦後のソ連の侵攻の話だなんて、誰も思わないよ」

白崎は、ようやく本来の彼らしさを取り戻したようだった。

西本が言った。

「かけ離れた話じゃないよ。だって、シロコフは極東軍の特殊部隊にいたんだろう？」

倉島はうなずいた。

「タチアナも、極東軍の将校だった」

「ソ連の対日参戦、そして、千島、南樺太への侵攻。それを担ったのは、極東軍だ」

三人は、車に戻り、さらに話を続けた。

「北海道分割統治の要求と、シロコフとどういう関係があるんだ？」

白崎が尋ねると、西本はあっけらかんと言った。

「知らない。これから調べなければならないな……」

「調べるったって、どこで何を調べればいいんだ？」

「さあな……。タチアナの身柄を確保しておけば、尋問もできたんだがな……」

白崎がうなった。

「相手が女なんで油断しちまったんだよ……」

倉島は、言った。

「とにかく、上田係長に報告しましょう」

西本が言った。

「電話しておいてくれよ。ドジ踏んだのは、俺じゃないからな」

白崎が、言う。

「これからどうする？」

倉島はこたえた。

「係長の指示に従いましょう」

倉島は、上田係長の携帯電話にかけた。相手が係長ならば、履歴が残っても問題ない。

深夜にもかかわらず、係長はすぐに電話に出た。

「何だ？」

倉島は、酒井と接触したタチアナとシロコフを取り逃がしたことを報告した。叱責されるかと思ったが、上田係長は「そうか」と言っただけだった。

何を考えているのかわからないので、叱られたほうが気が楽だ。さらに、倉島は、臼井小枝子から聞き出した「釧路、留萌」という言葉を伝えた。

余計な説明はしなかった。係長ならば、すぐにスターリンの「釧路・留萌ライン」を思い出すだろう。

「酒井はもういい。再びシロコフが来たとしても自力でなんとかするだろう。問題は、臼井小枝子だ。ペルメーノフの交友関係から、いずれタチアナは、臼井小枝子のことを探り出す。いや、おそらくもう知っているな……」

「自分もそう思います」

「臼井小枝子に張り付け。今度はしくじるな」

「シロコフのことを、刑事たちに教えなければならないと、酒井さんが言ってました」

「当然、そうなるだろうな。公安部長の判断だが、おそらく明日の朝には、そういう手筈になるだろう」

「身柄を刑事たちに持って行かれますよ」

「仕方がない。殺人の実行犯なんだからな。俺たちは、俺たちのやるべきことをやればいい」

「やるべきこと……？　シロコフを検挙することじゃないんですか？」

「シロコフを検挙しても、第二第三のシロコフがやってくるかもしれない。その根を絶つんだ」

「つまり……」

倉島は言った。「シロコフが来日した本当の目的を探り出して、それを処理するということですね」

「そうだ。その手がかりは、釧路、留萌という単語にある」

「やはり手が足りません」

しばらく間があった。

「わかった。臼井小枝子の警護に別動隊を回す。それでいいな」

「すいません」

電話が切れた。

21

シロコフと二度も接触しておいて、取り逃がした。自分の手際の悪さに、地団駄を踏みたい気分だった。

その日、午前三時過ぎにベッドに入ったが、なかなか眠れなかった。神経が高ぶっている。何より、悔しくてたまらなかった。

警察庁の警備企画課は、この件の専任として倉島を指名したのだという。いったい、何を期待しての指名だったのだろう。

おそらく、今の自分はその期待にまったくこたえていない。そう思うと、気分が沈んでしまう。眠らなければならない。眠れない人間はいい仕事ができない。かつて、先輩にそう言われたことがある。

結局、うとうととしただけでベッドから起き上がってしまった。

携帯を手に取る。大木天声からの着信を登録してあった。その番号を見つめた。

守ってばかりではだめだ。攻めに回らなければ……。

倉島は、自分にそう言い聞かせた。そして、通話ボタンを押した。呼び出し音が鳴る。胸が高鳴った。

電話がつながった。

「はい」

甲高いが嗄《しやが》れている独特の声が聞こえてくる。

「警視庁公安部外事一課の倉島です。こちらからお電話して申し訳ありません」

「普通なら切るところだが、まあいい。ちょうど電話しようと思っていたところだ。何かわかったか？」

「シロコフが日本に入国した目的ですが、『釧路・留萌ライン』と何か関係がありそうです」

「『釧路・留萌ライン』だと……。屈辱の歴史の一つだ。スターリンのやつめ、北海道を朝鮮半島と同じく分割して統治しようとしおった」

「それは、アメリカのトルーマン大統領によって拒否されているのですね」

「トルーマンは、『占領軍総司令官のマッカーサーに聞け』と言ったそうだ。強硬に反対したのは、マッカーサーだった。その後、トルーマンは秘密電報で、北海道の占領を認めない旨を、スターリン宛に送ったが、スターリンのやつは、その電報を待たずに千島列島に侵攻してきた」

大木天声の発言には、民族派としての思い込みもあるだろう。だから、百パーセント正確とは言えないかもしれない。だが、少なくとも、倉島よりも詳しく事情を把握していることは明らかだった。

「それは歴史上の事実に過ぎません」

倉島は言った。「それが、シロコフの来日の目的とどう関わりがあるのかがわかりません」

「おそらく、米軍や米国政府が関わっておるな」

「アメリカ政府が……？」

「詳しいことは調べておく」

「待ってください。アメリカ政府が関わっているというのはどういうことですか？」

電話が切れた。

かけ直す度胸はなかった。連絡を待つしかない。そう思って、電話をテーブルに置いた。


登庁すると、庁内が少しばかりざわついているような気がした。

上田係長は席にいない。

倉島は、すでに登庁していた白崎に尋ねた。

「なんか様子が変ですね」

「公安部長が、刑事部長に、シロコフのことを伝えたんだ。連続殺人犯の手がかりを握っていながら、秘密にしていたと、刑事部長がえらくご立腹でね……」

「なるほど、そういうことですか……」

「刑事部長は、特捜本部とすべての前線本部から公安を締め出すと息巻いているそうだ」

今となってはどうでもいいと、倉島は思った。もはや、殺人事件は関心の外にあった。

もちろん、シロコフに日本人が殺されたという事実は許し難い。腹も立つ。だが、倉島がやるべきことは、殺人の捜査ではない。

白崎が倉島に尋ねた。

「タチアナの立ち回り先に心当たりはないか？」

「それほど親しかったわけではありませんからね……。それに、すでにタチアナは、過去の日本での生活を断ち切っているはずです」

課報員というのはそういうものだ。タチアナは、極東軍情報部の将校だということだから、当然そういう心構えはできているはずだ。

「それもそうだな」

白崎はうなずいた。

そこに、西本がやってきた。倉島と同じことを二人に尋ねた。白崎に代わって、今度は倉島がこたえた。

「いくら、腹を立てたって無駄なことだ」

西本は言った。「事実、シロコフのことをつきとめたのは、公安が先なのだからな」

西本ほど冷徹になりたいものだ。倉島はそう思った。

上田係長が席に戻ってきた。課長に呼ばれていたらしい。

「自分は、ちょっと係長のところに行ってきます」

昨夜、正確に言うと今日の未明に電話で報告しただけだ。ちゃんと報告したいという気持ちがあった。その上で、指示をもらいたかった。

「俺も行くよ」

白崎が言った。すると、西本も立ち上がった。

「しょうがねえな……」

三人そろって係長の席に近づくと、上田係長は、顔を上げて言った。

「何の用だ？」

倉島はこたえた。

「昨日のことを報告しようと思いまして」

「電話で聞いた。必要ない。それとも、新たな情報があるのか？」

上田係長は、西本以上に冷徹だった。それをあらためて思い出した。

このままでは、指示ももらえない。何か言わなければならない。

「今朝、大木天声と電話で話をしました」

上田係長は、倉島の顔を見た。関心を持ったようだ。白崎と西本も、倉島に注目した。大木天声の名前は、いついかなる時でも効果があるようだ。

上田係長が言った。

「何を話した？」

「釧路、留萌という話をしたら、大木天声は、米軍や米国政府が関与しているかもしれないと言いました」

「待て、大木天声に捜査上の秘密を洩らしたということか？」

「呼び水としてある程度のことを教えないと、有力な情報を聞き出すことはできません。なにせ、相手は大木天声ですからね」

上田係長は、顔をしかめてしばらく考えていた。

「まあ、いい。それで、米軍やアメリカ政府が関与しているというのは、どういう意味なんだ？」

「わかりません。大木天声自身、まだよくわかっていない様子でした」

「そうか」

上田係長は言った。「シロコフが日本にやってきた目的は、戦後処理の一環だった『釧路・留萌ライン』に深く関係していることは間違いない。その線で調査を進めてくれ」

漠然とした指示だ。だが、それ以上のことを係長に求めても無駄だと思った。上田係長だけではない。誰もが手探りなのだ。

席に戻る途中、携帯電話が振動した。ロシア大使館のコソラポフからだった。

「珍しいな、こんな時間に電話をくれるなんて」

倉島が言うと、いきなりコソラポフが嚙みついてきた。

「いったい、どういうことなんだ？」

「何の話だ？」

「新聞に、シロコフの名前が出ている」

「ああ、連続殺人事件の容疑者なのだから当然名前は出るだろう」

「電話では話ができない。早急に会って話がしたい」

「こちらはかまわないが、あんたは大使館を抜け出せるのか？」

「なんとかする」

「大使館のそばじゃないほうがいいだろう。三十分後に、ミッドタウンのスターバックスでどうだ？」

「わかった」

電話が切れた。

コソラポフはひどくあわてた様子だった。倉島は、席に腰を下ろすと、白崎と西本に言った。

「ロシア大使館にいる情報源からの電話です。シロコフの名前が新聞に載ったことで、ひどく取り乱している様子ですね」

白崎が言った。

「どうやら、尻に火がついているのはシロコフだけじゃないようだな」

「それ、案外突破口になるかもしれないよ」

西本が言う。

「どういうことだ？」

「ロシア大使館にいる情報源てことは、堅気じゃないだろう？」

倉島はうなずいた。

「ＦＳＢに所属している」

「だったら、シロコフの目的を知っていておかしくない」

「自分は関わりたくないと言っていた。ひどく慎重な様子だった」

「シロコフの名前がマスコミで発表されたことで、事情が変わったのかもしれない。いずれにしろ、何か聞き出せるはずだ」

倉島は、西本の言葉を慎重に検討していた。いつもと変わらず楽観的な意見だ。その楽観主義に従って損をしたことはまだない。

「わかった」

倉島は言った。「とにかく会ってくる」

「土産を期待しているぞ」

西本のその言葉を背中で聞いていた。

22

倉島は、何とかいう長い名前の甘い飲み物を持って屋外の席に腰を下ろした。スターバックスの飲み物の名前は覚える気にもなれない。覚えていたとしても、なんだか注文するのがばかばかしい気分になる。

しばらくして、コソラポフがやってきた。いつものように、黒いカシミアのコートを着ている。

彼は、テーブルを挟んで倉島の正面に立った。明らかに機嫌が悪そうだ。

「座ったらどうだ?」

倉島は言った。

「あんたとコーヒーなど飲む気にはなれない」

「じゃあどうする?」

「歩きながら話そう」

二人は、檜町公園に向かって歩いた。

歩きながら話すというのは、諜報部員の常套手段だ。どこかにとどまって話をするときは、誰かが聞き耳を立てていると思ったほうがいい。あるいは、盗聴器の心配もある。

「あんたには失望した」

コソラポフが言った。倉島は、平然と言い返した。

「シロコフの名前を発表したのは、俺じゃない」

「私は、あんたがもっとうまく事を運んでくれるものと思っていた」

「そう思うなら、もっと詳しいことを教えてくれなきゃな……。シロコフは、日本国内で四件の殺人事件を起こした。そのうち、三件の被害者は日本人だ。警察は殺人の被疑者として捜査する。名前を発表するのは当然のことだ」

「日本の警察は、シロコフの名前など知らなかったはずだ」

「時間の問題だった。あんたから聞かなくても、いずれは突きとめたさ」

「ふん。利用するつもりで利用されていたくせに……」

倉島は、頭に血が上るのを感じた。

「タチアナのことを言っているのか……」

自分の声に怒りが滲んでいるのを感じていた。

「そうだ。姿を消したそうだな」

「タチアナは、極東軍情報部の将校だそうだな？」

「知っていたのか？」

「シロコフも、極東軍の特殊部隊にいた。やつらは、この日本で何をしようとしているんだ？」

「そんなことは、私の口からは言えない」

「じゃあ、何のために俺を呼び出したんだ？」

「私は、顔に泥を塗られた気分だ。これ以上あんたに協力する気はない。それを言いたかった」

「落ち着けよ。これまで持ちつ持たれつだったんだ。悪い関係じゃなかった」

「私の身が危ないんだよ」

つまり、シロコフの名前がコソラポフから洩れたということが、ＦＳＢ（連邦保安庁）の仲間に知られるとまずいということだろう。

「だったら、俺に会いになんて来なければいいんだ」

「直接抗議したかった。できれば殴ってやりたい」

コソラポフはきわめて理性的な男だ。こんなことを言うのは珍しい。それだけ腹を立てているということだろう。

これは、もしかしたらこちらにとって有利な状況かもしれないと、倉島は思った。尋問をする際、相手の感情を揺さぶる必要がある。最も有効なのは恐怖だ。だから、拷問が効果的なのだ。だが、時には相手が怒りに駆られて普段は口に出さないようなことをしゃべってくれることもある。

倉島は言った。

「シロコフは、『釧路・留萌ライン』について調べていたようだな。何で、今さらそんなもののために人を殺さなければならなかったんだ？」

コソラポフがひどく動揺するのがわかった。

「それは何の話だ？」

「知らないとは言わせない。シロコフの目的が何であれ、それはあんたたち中央政府の人間にとってはきわめて不愉快なことなんだ。だが、日本国内で、あんたたちが表立って動くことはできない。だから、俺にシロコフの名前を教えて、警察の力でなんとかしてもらおうと、あんたは考えた……」

コソラポフの表情から次第に怒りが消えていった。彼と話をすることで、今までぼんやりとしていた事実の輪郭が、次第にはっきりしてくるような気がしていた。

コソラポフの話の内容よりも、感情の動きを観察することのほうが重要だった。

「ヘマをやっておいて、何を言う」

「何度も言うが、シロコフの名前をマスコミに発表したのは俺じゃない。警察として当然の対応なんだ。いったい、俺に何を期待していたんだ？　まさか、秘密裡にシロコフを消すことじゃないだろうな？」

「そうしてもらったほうが、ずっとよかった」

「驚いたな。それは日本の警察のやり方じゃない。それは充分に知っているはずだ」

「公安が普通の警察だとは思っていない。あんたもいい加減に諜報担当者として成長してほしいものだ」

倉島は思わず笑みを浮かべてしまった。コソラポフの本音を聞いたからだ。

「ならば、諜報担当者の端くれとして尋ねるが、極東軍の退役軍人や情報部員が、日本で何をしようとしているんだ？」

「極東軍の退役軍人や情報部員……。そこまでつかんでいながら、どうしてわからない？」

倉島は畳みかけるように尋ねた。

「『釧路・留萌ライン』が今ごろ何だというんだ？」

「ほら、もうこたえに手が届いているじゃないか」

倉島は、急に自分の優位さが揺らぐのを感じた。情報マンとしてのキャリアの違いをまざまざと感じる。

俺は、自分でも気づかないうちにこたえに到達しているというのか?

「教えてくれ」

倉島は言った。「シロコフの目的は何なのだ?」

コソラポフはしばらく考えていた。やがて、彼は言った。

「こたえは、あんたたち警察の手の中にある。なぜ気づかないのだ?」

彼は唐突に立ち止まり、踵《きびす》を返した。そのまま、倉島に背を向けて歩き去った。

倉島はたたずんで、その後ろ姿を見ていた。

こたえは警察の手の中にある。

FSBは何でもお見通しということか。情報機関としての、格の違いをまたしてもまざまざと感じていた。

警視庁へ戻っても、倉島はコソラポフが言ったことについて考えていた。

俺たちは、すでにこたえを手にしているのかもしれない。だが、どうしてそれに気づかないのだろう。

何かを見落としているのだろうか。

毛利元就の教えではないが、一人で考えるより三人で考えたほうがいい。

倉島は、白崎の席に近づき、さらに西本にうなずきかけた。西本も席を立って白崎の席のそばにやってきた。

倉島は言った。

「ＦＳＢのやつが言うには、警察はすでにシロコフが日本で何をしようとしているかの、こたえを手にしているらしい」

白崎は、怪訝そうに眉間にしわを寄せた。

「それはどういう意味だ？」

西本が言った。

「俺たちが何か見落としているということだろう」

倉島は、西本に言った。

「何を見落としているんだろう」

西本は、首を傾げた。

「さあね。俺は自分では見落としているものなどないと思う。そのＦＳＢのやつは、はったりをかましているんじゃないのか？」

倉島は考えた。

「いや、はったりじゃないと思う。俺たちは、すでに何かを手に入れている。だが、それに気づいていないんだ」

西本は、皮肉な笑いを浮かべた。

「俺が期待していた土産とは、ちょっと違ったようだな。もっとはっきりしたことを聞き出してくると思っていた」

「そう簡単にはいかないさ」

白崎は思案顔で言った。

「俺たちは、これまで何をつかんでいるんだ？　シロコフやタチアナが極東軍に関係しているということを知っている。そして、『釧路・留萌ライン』に関係していることもわかっている。だが、そこまでだ。これじゃ、こたえとは言えない」

倉島は真剣に考えた。

「今、白崎さんが言ったのは、自分たち公安がつかんでいる事実です。ＦＳＢの知り合いは、こたえが、警察の手の中にあると言ったのです。公安だけじゃなくて、警察全体ということだと思います」

西本が言った。

「つまり、四件の殺人について言っているのか？」

「そうだ。俺たちは、事件の背景を考えるあまり、殺人事件そのものについてあまり考えていなかったんじゃないかと思う」

「そんなことはないだろう」

白崎が言った。「あんたは、何ヵ所かの捜査本部に顔を出して情報収集していたんだろう？」

「正直に言って、あまり熱心だったとはいえませんね。殺人事件は所詮刑事の担当だと、どこか他人事のような気分でいたのだと思います」

「それで……」

西本が言う。「四件の殺人について見直すと、何かが見えてくるというのか？」

「わからない。だが、それしか方法はないような気がする」

白崎はあまり気乗りしない様子で言った。

「とりあえず、どうするね?」

倉島はこたえた。

「基本的なことを見直すべきでしょうね」

「基本的なことって何だ?」

西本が言う。「刑事ドラマみたいに、現場百遍なんて言うんじゃないだろうな」

「今さら現場に行っても、何も残っていない。すでに保存もされていないのだから、行っても無意味だ」

「だったら、何を洗い直すんだ?」

倉島の頭はすでにフル回転している。それでも、もどかしかった。

「シロコフが四人を殺した動機はほぼ明らかだ。四人は、おそらく『釧路・留萌ライン』についての何かを知っていたんだ」

白崎が言った。

「その点については、慎重になったほうがいい。憶測に過ぎないんだろう?」

「いや、俺は納得できるね」

西本が言った。「俺たちは刑事じゃない。検事を納得させる必要はないんだ。だから、証拠、証拠と目くじらを立てることはない。話が通ればいいんだ。シロコフは、極東軍のために何かの活動をしている。それは、『釧路・留萌ライン』に関連したことだ。そこまでは明らかだ。そして、四件の殺人は、シロコフの活動の一環だ。だったら、被害者たちは、『釧路・留萌ライン』

についての何らかの情報を持っていたと考えるのが妥当だ」

倉島はうなずいた。

「そういうことだと思う」

「だがね……」

白崎は当惑気味の表情で言った。「特捜本部では、四人の被害者に関連はないと発表したはずだ」

倉島は言った。

「だから見直すんです。当初、特捜本部は一件ごとばらばらに動いていました。そのうちに赤坂署に統合されましたが、それでも本当に総合的な捜査ができたかどうかはわかりません」

白崎が言う。

「私は刑事畑が長かったから言うわけじゃないが、特捜本部ってのは、そんなにいい加減なもんじゃないよ」

「いい加減だと言っているわけじゃありません。別の視点で見ることが大切だと思うのです」

「別の視点……？」

「つまり、我々公安の視点です」

白崎はまだ戸惑ったような顔をしている。それでも、どうにか倉島の言うことを理解してくれたようだ。

「わかった。やってみようじゃないか」

午後になり、倉島は公衆電話から良虎会の高橋良一に連絡を取った。

「会えないか？」

「いつも唐突ですね」

「警察ってのはそういうもんだよ」

「一時間後に出かけなければなりません」

「三十分で行く。長い話は必要ない」

「わかりました。お待ちしております」

約束通り、きっかり三十分で着いた。すぐに社長室に通された。

ソファに腰を下ろすと、すぐに茶が出てきた。高橋良一が言った。

「大木先生は何か教えてくれましたか？」

「まだ具体的なことは教えてくれない。だが、情報交換は続けているよ」

高橋は穏やかにうなずいた。

「期待していいと思います。先生は決して期待を裏切りません」

こいつは、どうしていつもこんなに自信に満ちていて、貫禄があるのだろう。まだ二十代の半ばのはずだ。もしかしたら、二十歳を越えたばかりかもしれない。

おそらく、見てきたものが違うのだろうと思った。

「四件の殺人事件の犯人がわかった。シロコフという名のロシア人だ。かつて、極東軍の特殊部隊にいた」

「犯人……？　普通、容疑者とか被疑者とか言うんじゃないですか？」

「俺は刑事じゃない。シロコフが殺したことは明らかだから犯人と言う」

「それで……？」

「今、被害者同士の関係を洗い直している。もしかして、あんたが、殺された高木英行と野田誠司の関係について何か知ってるんじゃないかと思ってな……」

高橋が薄笑いを浮かべた。

「同じ業界だからですか？」

「まあ、そういうことだな」

「私が何か知っていても、倉島さんに教えるとは限りませんよ」

倉島は、溜め息をついた。

「仲間を売るようなことはできないんだろう。それはわかっている」

「そういうことではなく、私が何かをしゃべる代わりに、倉島さんは何をしてくれるのかと思いましてね」

「おい、警察に協力するのは市民の義務だぞ」

「ヤクザ者が市民だと思いますか？」

「微妙な質問だな……。だが、警察に協力しておいて損はないはずだ」

「高木と野田の関係など知りません」

倉島は、高橋を見つめた。相変わらず薄笑いを浮かべている。表情が読めない。

「そうか」

倉島は言った。「邪魔したな」

立ち上がろうとした。

「まあ、待ってください」

高橋は、あくまでも穏やかに言った。倉島はすでに立ち上がっていた。

「知らないというのなら仕方がない。もう用はない」

「話は最後まで聞くものですよ」

「ほう、まだ続きがあるというのか？」

「あります」

倉島は再びソファに腰を下ろした。

「聞かせてくれ」

「高木と野田の関係は知りません。でも、他の被害者との関係なら知らないわけじゃありません」

倉島は、眉をひそめた。高橋の言っていることがよくわからない。

「それは、どういうことだ？」

「高木と野田の関係は知らない。でも、野田とペルメーノフの関係なら知っているということです」

倉島は驚いた。

まさか、暴力団員の野田とジャーナリストのペルメーノフがつながるとは思ってもいなかった。

「どういう関係だったんだ？」

「野田は、ペルメーノフにいろいろな情報を売っていたようです。ペルメーノフというのは、ジャーナリストだったんでしょう？」

「表向きはな。本当は経済スパイだった」

「なるほどね……。それで合点がいきました」

「合点がいった?」

「はい。野田からペルメーノフに近づいたのではなく、どうやら逆のようなのです。ご存じのとおり野田がいた多田山組は、ロシア関係の密貿易や中古車の輸出なんかで稼いでいました。一時期は羽振りがよかったものです。ロシア女性を日本に連れてきて働かせたりもしていました。だから、野田のほうからロシア人に近づいたというのなら話はわかるのですが、ロシア人のほうから接近してきたというのが解せませんでした」

「野田が何か特別なことを知っていたのだろうか?」

「特別なこと……?」

「経済スパイが知りたがるような特別なことだ」

咄嗟《とっさ》にごまかした。本当は、野田が「釧路・留萌ライン」についての何かを知っていたかどうかを聞きたかったのだ。

「さあね。それはわかりません。でも、そんな特別なことではなかったと思います。細々《こまごま》としたネタを売っていただけでしょう」

いつの間にか、高橋が探るような眼で倉島を見ていた。

油断のならないやつだ。倉島がごまかしたのを感じ取ったに違いない。そろそろ潮時だろう。

「おおいに参考になった。協力を感謝するよ」

倉島が立ち上がると、今度は高橋も立ち上がった。会談は終わりだということだ。倉島は、オフィス良をあとにした。

23

倉島は、被害者同士の結びつきが一つ見つかったことで、気をよくして赤坂署の連続殺人事件特捜本部に向かった。

特捜本部内は喧噪に満ちていた。容疑者の名前が明らかになったことで、急に活気づいたに違いない。

記者たちをかき分けるようにして、特捜本部内に足を踏み入れたとたん、声をかけられた。

「おい、おまえ」

最初は自分のことだと気づかなかった。そのうち、周囲の険悪な眼差しを感じた。

倉島に対して怒鳴っているのは、本庁の池谷管理官だった。

「おまえは、公安だな?」

「そうですが……」

「すぐにここを出ていけ」

「どういうことです?」

「どうもこうもない。刑事部長のお達しだ。公安は特捜本部に参加しなくていい」

ひかえめな言い方をしているが、公安を追い出すということだ。刑事部長は本気だったらしい。

そういえば、公安三課の連中の姿も見えない。

倉島は、池谷管理官に言った。

「被害者同士の関係を洗い直しているんです」

「そんなことは、特捜本部でやる。刑事の仕事だ。さあ、さっさとここから出ていけ」

周囲の刑事たちの眼差しからは、憎しみすら感じられた。とりつく島もないというのは、まさにこのことだ。

仕方なく、倉島は特捜本部を出た。記者たちが群がってきて、口々に質問を浴びせてくる。

「どういう状況なんです？」

「公安は出て行けって、どういうことですか？」

「警察内部で何か対立があるということですか？」

エレベーターにたどり着くまで口を開かなかった。さすがにエレベーターの中まで追っかけてくる記者はいない。

ドアが閉まる直前、倉島は記者たちに言った。

「公安は公安の仕事をしろということだよ」

記者たちが一斉に何かを喚《わめ》きはじめたとき、ぴしゃりとエレベーターのドアが閉まった。

良虎会で高揚した気分が、赤坂署の特捜本部ですっかり落ち込んでしまった。

こんなことで一喜一憂はしていられない。

倉島は、自分にそう言い聞かせた。ちょっと贅沢な昼飯を食って、気晴らしをしようと、赤坂サカスにあるマキシム・ド・パリに入った。

ランチメニューの中の一つを選ぶ。たかだかランチだが、おそろしく豊かな味わいだ。温かいフォアグラのサラダに柑橘系のドレッシングがかかっている。

ポタージュに、サーモンのリエット。メインディッシュには、ブルターニュ産雛鳥のロースト、シャンパンクリームソース。それにココットに入った豚バラ肉とレンズ豆。

ビストロを出るころには、すっかり満ち足りた気分になっていた。

午後三時近くに、警視庁に戻った。白崎と西本の姿はなかった。どこかで捜査をしているのだろう。

公安捜査員同士は、あまり密に連絡を取らない。単独行動も多い。自己責任で事に当たる習慣が身についている。

そこが、刑事とおおいに違うところだ。刑事は、ほとんどの場合二人一組で行動するし、まめに上司や管理官に連絡を入れなければ、お目玉を食らう。

倉島は、高橋良一から聞き出したことをあらためて考えていた。

当初、被害者同士の関わりはないとされていた。特捜本部の調べでは、被害者であるペルメーノフのスパイとしての活動を詳しくつかむことができなかったのかもしれない。

特捜本部だって無能なわけではない。あるいは、ペルメーノフが経済スパイだったことはつかんでいるかもしれない。ひょっとして野田との関係も、ある程度知っていたかもしれない。だが、刑事に必要なのは、証拠なのだ。そこが、公安とは違う。

確証がなければ、刑事はお手上げだ。だから、自白をほしがる。検察も裁判官も、長い間、刑事裁判における自白を強力な証拠として位置づけてきた。

物的証拠に乏しくても、自白があれば、検事は喜んで起訴する。そこに冤罪の危険が潜んでいる。自白を強要することもあるし、ねつ造された自白の供述に沿って、必要な物的証拠だけを採用し、不利な証拠は破棄するということも平気で行われてきた。

刑事や検事は、犯罪者を逮捕・起訴するだけでなく、作り出すこともできるのだ。

公安は逆に、自白など必要としない。証拠にこだわらないからだ。事実だと納得できる情報があればそれでいい。物的証拠などそれほど重要ではない。

特捜本部では、ペルメーノフと野田の関わりをある程度知ってはいたが、物的証拠を得ることができなかったというところだろうと、倉島は結論づけた。

二人ともすでに死亡しているので、事実を聞き出すこともできない。死人に口なしだ。

携帯電話が振動した。

大木天声からだった。倉島は、たちまち緊張して電話に出た。

「はい、倉島です」

「今から会いに来い」

「すぐに行きます」

電話が切れた。

今朝は電話で話をした。今度は、直接会いに来いという。

電話で話せないようなことをつかんだのだろうか。

高橋良一は、大木天声が決して期待を裏切らないと言っていた。

大木天声に会いに行くのは、おそろしく緊張を強いられる。だが、どんな話が聞けるのか期待に胸が膨らむ。

公安捜査員にとって、情報ほど魅力的なものはない。

倉島は、すぐに渋谷の大日本報声社に向かった。


先日と同様に、大木天声は書物に埋まるようにして、机に向かっていた。訪ねていくと、椅子をひねって体を倉島のほうに向けた。倉島は正座をしていた。

「何か進展はあったか?」

「殺されたペルメーノフと野田誠司のつながりがわかりました。ペルメーノフは経済スパイで、野田はその情報源だったと考えられます」

「ふん、売国奴めが……」

売国奴とは大げさな……。

倉島はそう思ったが、もちろん何も言わなかった。

天声が話しだした。

「『釧路・留萌ライン』について、面白い話を聞いた。まあ、真偽のほどは定かではないが」

倉島は、余計なあいづちなど打たずに、耳を傾けた。

「昭和二十年の八月、スターリンが、トルーマンに対して、北海道の半分を領有することを求めたのは知っているな? これは、日本がポツダム宣言を受諾したことに起因している……」

大木天声の説明の内容は、要約すると次のようなものだった。

ポツダム宣言を受け容れた日本に対し、連合国は、一般命令第一号を発令する。これは、満州、北緯三十八度線以北の朝鮮、南樺太・千島諸島にある日本の指揮官、そして一切の陸上、海上、航空および補助部隊はソヴィエト極東軍最高司令官に降伏すべきことという内容だった。

つまり、現在の日本と朝鮮半島の領土を決定されたといってもいい。

ただし、このときに、スターリンとトルーマンの要求にいくつかの行き違いがあったのだと、天声は言う。

「トルーマンの一般命令第一号の原案では、千島列島の日本軍について触れていなかった。スターリンは、ヤルタ会議の協定に基づいて千島列島の日本軍も、ソ連に降伏すべきだと、トルーマンに要求した。トルーマンはこの要求を受け容れた。しかし、このときに、同時に要求された『釧路・留萌ライン』以北の占領については、ヤルタ協定にないということで、拒否した」

倉島は、早口の天声の話の内容を、なんとか正確に理解しようとしていた。

歴史的事実なので、理解するのはそれほど難しくはない。ある程度の知識があるので、それが理解を助けてくれる。

天声の声が少しだけ熱を帯びてきた。

「だが、この時点で問題が起きた。トルーマンが拒否したとされている、スターリンの『釧路・留萌ライン』だが、実はこのときに、それを認める文書が作成されていたというのだ」

「え……？」

倉島は、その言葉を再度頭の中で反復していた。あまりに衝撃的な一言だったので、意味をちゃんと理解するまでしばらく時間が必要だった。

天声はそれを待っていてはくれなかった。話が先に進んでいた。

「この時期、逆にトルーマンからスターリンに要求が出されていた。その要求とは、千島列島の一部に米軍基地を置くことだった。太平洋戦争の火蓋を切ったハワイ真珠湾攻撃の機動部隊が、択捉島《エトロフ》の単冠《ヒトカップ》から出撃したことを思えば、この要求は当然だったかもしれない。だが、スターリンはこの要求を蹴る。そこで、トルーマンは、この要求の交換条件として、『釧路・留萌ライン』を容認する密約を交わそうとしたのだという」

倉島は、さらに驚いた。

「まさか……」

「それが、GHQ最高司令官ダグラス・マッカーサーの知るところとなった。マッカーサーは烈火のごとく怒ったという。もともと、トルーマンとマッカーサーは犬猿の仲だったと言われている。トルーマンは、マッカーサーの意見を受け容れざるを得ず、スターリンへ公式にこう打電した。『そちらの要求に関しては、すべてGHQ最高司令官マッカーサーの指示に従え』……」

その返答については、倉島は歴史的事実として知っていた。

だが、実は、大統領の返答としては妙なものだと感じていた。はっきりとした拒否ではなく、責任逃れの発言とも取れる。

北海道の半分を占領するというスターリンの計画は、共産主義を広めたくないアメリカにとっては、とても容認できるものではなかったはずだ。

にもかかわらず、トルーマンは、自分の意思を告げずに、マッカーサーに従えと言ったのだ。それだけ、マッカーサーのことを信頼していたと解釈する者もいるようだが、トルーマンとマッカーサーの仲の悪さを考えれば、おそらくその解釈は間違いだと思う。

もし、今天声が言ったとおりだとしたら、納得がいく。

「釧路・留萌ライン」は、容認しない。だが、それはあくまで、自分の決定ではなく、マッカーサーの意思なのだと、トルーマンは言いたかったのではないだろうか。

トルーマンの密約が実行されていたら……。そう想像して倉島はぞっとした。

今ごろ、北海道の半分はロシアの領土になっており、千島列島のどこかに米軍基地が置かれていたのだ。

天声の話が続いた。

「マッカーサーによって、北海道分断の要求は退けられる。その時点で、トルーマンの密約文書は、無効になり廃棄されるはずだった」

「……はずだった？」

倉島は思わず聞き返していた。相手が、大木天声だということを、一瞬忘れかけていた。それくらいに驚くべき話の内容だった。

「その文書は、ＧＨＱで廃棄されたはずだった。だが、それを密かに持ち出した者がいるという噂がごく限られた者たちの間で囁かれていた」

「持ち出した？」

「そうだ。そして、密かにそれがどこかに保管されているのだという。さまざまな噂があったようだ。ＧＨＱは、第一生命のビルを接収して庁舎として使っていた。今でも、旧第一生命館には、マッカーサーの執務室が保存されて一般公開されているが、トルーマンの密約文書が、その旧第一生命館に隠されているという噂もあった。あるいは、米軍施設の山王ホテルに保管されているという噂もある。昔の米軍将校用クラブの経営者が所持していたという噂もある。だが、いずれも根拠がなく、ただの都市伝説の一つだと思われていたらしい」

「まさか、それが本当だったというのではないでしょうね……」

大木天声の眼が異様な光り方をした。

「もし、北海道が分割されたとしたら、占領するのは、ソ連極東軍の役割だったはずだ。極東軍が、その密約文書を手に入れたとしたら、それを根拠として北海道に侵攻することを考えるかもしれない」

「そんなばかな……。そんな文書があったとしても、すでに無効のはずです」

「無効ではないのだ」

「無効ではない……？」

「外交文書は、廃棄されない限りその有効性を持ちつづける」

「だとしても、北海道侵攻など、国際世論が許すはずがありません」

「ロシアという国を見くびってはいけない。国際世論などに屈する国ではないことは、歴史が物語っている」

「とても考えられません」

「考えられないことをするのが、ロシアなのだ」

「ＦＳＢの情報提供者の口ぶりからすると、今回の一連の出来事の背景には、ロシア内部の権力闘争があるのだということです。権力闘争と極東軍の北海道侵攻は、結びつきません」

天声はしばらく考えてから言った。

「矛盾はしない。極東軍がその文書を手に入れたら、ロシア中央政府に対する強力な交渉カードになりうる。今の極東の状況を知っているか？　たとえばウラジオストクの住民たちは、輸入車の関税を引き上げられたことで、中古車の輸入業が破綻した。極東の人々は経済的にも政治的にも、中央に見捨てられたと感じている」

そうした極東の状況は心得ている。だからといって、極東軍が暴走ともいえる行動に出るとは思えなかった。

無言で考えていると、天声が言った。

「極東軍は、交渉材料がほしいのだ。中央政府に対しての、そして、国際世論に対しての……。北海道に侵攻する権利を有しているというのは、日本政府に対しても、中央政府に対しても、大きな影響力を持つことになる」

倉島は、そんな文書の存在を、とても信じる気になれなかった。だが、もし本当にあるのだとしたら、極東軍が入手しようとするのも理解できる。

まさか、極東軍が本当に北海道に侵攻することはないだろう。だが、天声が言うとおり、それが強力な交渉のカードになることは確かだ。

いや、侵攻することなどないと言い切れるだろうか。

そう考えて、倉島はぞっとした。

たしかに、ソ連・ロシアは考えられないようなことをしてきた。第二次世界大戦末期の、突然の対日参戦もそうだ。

チェチェンや南オセチアの紛争も、地元の住民にとっては信じられない出来事だったに違いない。

ロシア経済のエネルギー・バブルは崩壊した。真っ先に悲鳴を上げはじめるのは、農村部や辺境の地だ。

天声が言ったように、経済状況の悪化に、輸入車に対する新たな関税が追い討ちをかける形になった。

極東の住民たちは、中央政府に対して怒りを募らせている。極東軍も例外ではないはずだ。

「しかし……」

倉島は言った。「その文書がどこにあるのかは、わからないのでしょう？　もし実在して、日本のどこかにあるとしても、それを探し出すのは、藁の中に落ちた針を探すようなものでしょう」

「帝国海軍出身の民族派の活動家がいた。すでに他界されているが、生前克明な日記を残されている。その日記の中に、このトルーマンの密約文書のことが、ごく短くだが記されていた」

倉島は、今さらながら、大木天声の情報網に驚かされた。戦中・戦後の民族派の行動力は決してあなどれない。

天声の言葉が続く。

「そこには、こう書かれていた。『トルーマンの密約文書、ソ連のスパイが秘蔵』……」

「ソ連のスパイ……？」

「その名前も、はっきりと記されていた」

「名前がわかっているのですか？」

「私は中途半端な調査はしない」

「その名前というのは……?」

「ユーリ・ペルメーノフ」

「ペルメーノフ……?　殺されたミハイル・ペルメーノフと同じ名前ですか……」

倉島は、仰天した。そして、その瞬間に、頭を何かで貫かれたように感じた。

そうか。コソラポフが言っていたことが、今ようやくわかった。

警察がすでにこたえを手にしていると、コソラポフが言ったのは嘘ではなかった。

天声が言った。

「この先は、公安の仕事だ。いいか。極東軍なんかに好きにさせるな」

倉島は居ずまいをただした。

「わかっています」

「いや、わかっていないな」

天声の眼が、さらに強く光った。「すでに日本人が二人も殺されている。警察の責任者は腹を切ってもいいくらいだ」

この場合、腹を切るというのは、単なる比喩ではないだろう。

倉島は、天声を見返して言った。

「きちんとケリをつけてごらんにいれます」

天声はしばらく倉島を見据えていた。やがて、そっけなく言った。

「行け。話は終わった」

倉島は、深々と礼をしてから部屋を出た。

24

倉島は、携帯電話で白崎と西本を呼び出し、すぐに本庁に戻るように言った。西本が、まだ調べたいことがあると、不服そうに言った。

「急いで知らせたいことがあるんだ」

「今、言ったらどうだ？」

「携帯電話が秘密保持という意味でどれだけ信頼性がないか、知っているだろう？」

「わかったよ。帰るよ」

倉島は、本庁に着くとまず上田係長に告げた。

「今、大木天声と会ってきました。その結果、わかったことがあります。白崎と西本の帰りを待って報告したいのですが……」

上田係長は、ちらりと倉島を見て言った。

「小会議室か何かを押さえておけ」

「はい」

係長は、もはや大木天声の名前を聞いても驚かなくなっていた。いつまでも同じことに動じてはいられないのだ。

だが、この報告は、おそらく係長をも仰天させるだろう。倉島はそう思った。

それから二十分後に白崎が戻ってきて、さらに、その十五分後に西本が戻ってきた。

西本は、捜査を中断させられたので、明らかに不満そうだった。

倉島は、二人を小会議室に向かわせ、上田係長に全員が集まった旨を告げた。係長は立ち上がった。

小会議室では、皆がばらばらの位置に座った。固まって座ろうとはしない。

上田係長が倉島に言った。

「報告は簡潔に頼む」

倉島は、大木天声から聞いた話を報告した。話が進むうちに、上田係長は困惑の表情となり、白崎は驚きを露わにした。

西本は、猜疑心に満ちた表情をしていたが、いつしか茫然とした顔になっていた。

「釧路・留萌ルート」に関する、スターリンとトルーマンの密約。連合国による戦後処理の一環として、あり得ない話ではなかった。事実、朝鮮半島は二つに分断されたのだ。

その文書は実在した。

廃棄されるはずだった文書が、密かに持ち出された。持ち出したのは、ソ連のスパイだった。

そのスパイの名が、ユーリ・ペルメーノフ。殺害されたミハイル・ペルメーノフと同じ名前だ。

そこまで話をすると、滅多なことでは驚かない上田係長が、思わず声を出した。

「何だって？　ペルメーノフ？」

「そうです。帝国海軍にいた民族派の活動家の日記にその名前があったそうです」

「ユーリ・ペルメーノフとミハイル・ペルメーノフの関係は？」

「まだ調べてはいません。ですが、かなり近い血族なのではないかと思います。年齢から考えて、祖父と孫の関係ではないかと……」

「すぐに調べろ」

「はい」

「えーと……」

西本が言った。「ペルメーノフが、その密約文書のありかを知っていたということなのか？」

倉島はうなずいた。

「間違いないと思う。ＦＳＢの知り合いが、警察はすでにこたえを手に入れていると言ったという話、覚えているか？」

西本がうなずいた。

「ああ。どういうことなのか、わからないけどな……」

「こたえは、ペルメーノフだったんだ。実は、野田誠司とペルメーノフの関係がわかった。野田誠司は、ペルメーノフの情報源だった」

「ほう……」

白崎が、片方の眉を上げた。「実は、こちらでも、似たような話をつかんでいた。ペルメーノフは、高木英行から情報を買っていた可能性がある。それもかなり濃厚な線だ。知ってのとおり、高木英行はロシア大使館から金品を受け取っていたらしい。それを知ったペルメーノフのほうから接近したようだ」

倉島は、確信が強まっていくのを感じていた。

西本が言った。

「なんだ、こっちも同様だよ」

倉島は西本に尋ねた。

「同様？」

「俺の情報源だった土師友則は、やはりペルメーノフと関わりがあった。おそらくペルメーノフの情報源の一人だったのだろう」

倉島は言った。

「殺された三人は、皆ペルメーノフの情報源だった。そして、同じペルメーノフという名のソ連のスパイが、『釧路・留萌ライン』に関する密約文書を秘蔵していたらしい……。シロコフの目的は、その密約文書を入手することだと、自分は考えている」

「だが……」

西本が首をひねった。「どうしてシロコフは、四人を殺さなければならなかったんだ？」

「おそらく、高木英行、野田誠司そして、土師友則の三人は、ペルメーノフから密約文書の話を聞いていたのだろう。彼らに接触して、そういう情報を仕入れたのはタチアナだろう。シロコフは、被害者たちから密約文書のありかを聞き出そうとした。だが、相手はただでは転ばないような連中だ。そのことがもとでトラブルになっていたのかもしれない。逆に、シロコフが強請《ゆす》られるようなことがあったのかもしれない」

西本はまだ納得しない様子だった。

「シロコフは、まだ活動を続けている。つまり、まだ密約文書を手に入れていないということだろう。やつは、ペルメーノフも殺している。ペルメーノフを殺したら、文書のありかは永遠にわからなくなるじゃないか」

「ペルメーノフとほかの三人とは、ちょっと事情が異なると思う。ペルメーノフは経済スパイだった。つまり、中央政府とつながっている。シロコフのペルメーノフ殺害こそが、ＦＳＢの俺の知り合いが言っていた権力闘争の現れなんだと思う」

白崎が言った。

「シロコフは、酒井と接触しようとした。つまり、酒井も密約文書のことを知っていると思ったのだろうな……」

「知っているのかもしれない」

西本が皮肉な口調で言った。「俺たちに教える義理はないと思ったんだろう」

「確認を取ろう」

倉島がそう言ったとき、白崎の表情が曇った。

「文書は、いったいどこにあるんだろう……」

「シロコフが、ペルメーノフの情報源と接触していることで明らかだと思う。ペルメーノフが誰か知り合いに渡したんだ。もしかしたら、渡された相手は、そんな重要なものだとは気づいていないのかもしれない」

今度は白崎の表情が険しくなった。

「シロコフは酒井と接触した。ということは、おそらく臼井小枝子とも接触するだろう」

倉島はうなずいた。

「そして、ペルメーノフが何か重要なものを託すとしたら、彼女が一番可能性が高いと思うのですが……」

それまで、黙って話を聞いていた上田係長が口を開いた。係長は、余計なことは一切言わなかった。

「ユーリ・ペルメーノフと、ミハイル・ペルメーノフの関係については、こちらで調べる。おまえたちは、早急に臼井小枝子の警護班と合流しろ」

倉島は言った。

「了解しました」

倉島、白崎、西本の三人は同時に立ち上がっていた。

上田係長がさらに言った。

「全員、拳銃を携行するのを忘れるな」


白崎と西本を、臼井小枝子の自宅に向かわせておいて、倉島は、神田神保町の出版社に、酒井を訪ねていた。

「何の用です？」

酒井は他人行儀に言った。潜入捜査員としての芝居をしている。倉島も彼に合わせることにした。

「ちょっと、またうかがいたいことがありまして……」

「あっちへ行きましょう」

酒井は、人のいない応接室に倉島を連れて行った。とたんに、口調が変わった。

「昨日は、ごくろうだったな」

「世話になりっぱなしで心苦しいのですが、教えてください」

「何のことだ？」

「『釧路・留萌ライン』に関するトルーマンの密約文書です」

酒井は薄笑いを浮かべた。

「誰からそんな話を聞いた」

「大木天声です」

酒井は、片方の眉を吊り上げた。

「驚いたな。あんたにそんなコネクションがあるとは思わなかった」

「密約文書のことは知っていたんですね？」

「ペルメーノフから聞いていた。俺は言ってやったよ。そういう重要なことは、滅多なことではしゃべるもんじゃないって……。だが、やつは酔うと、口が軽くなった。スパイとも思えない」

「それがどこにあるか知っているのですか？」

「まさか……。俺は伝説を聞いたに過ぎない」

「伝説？」

「ペルメーノフのおじいさんが、有能なスパイで、廃棄されるはずだったトルーマンのサイン入りの文書を密かに持ち出すことに成功したのだそうだ」

やはりユーリ・ペルメーノフは、ミハイル・ペルメーノフの祖父だったのだ。

「その文書が、スターリンの手に渡れば、歴史は変わっていたかもしれない」

「だからさ、ペルメーノフのおじいさんは、それを入手したはいいが、誰かに手渡すのをためらったんだそうだ。日本で活動するうちに、日本のことがすっかり気に入ったようだ。まあ、正確に言うと日本の女性が気に入ったのかもしれないがね……。ペルメーノフには、四分の一、日本人の血が流れていたというわけだ。彼が、日本にやってきたのは、まあ必然かもしれない」

「その文書を、ペルメーノフが持っていたんじゃないだろうな」

「どうかね。それについては、俺は何も知らない。おそらく、殺された三人も、俺と似たような立場だったと思う」

「それをもっと早く教えてくれれば、こんなに遠回りをしなくて済んだんだ」

「お互い、自分の仕事は自分でやろうぜ。俺は、今日はしゃべり過ぎたと感じている」

「極東軍は、どうしてその文書のことを知ったのでしょう？」

「知らない。だが、想像はつく」

「教えてくれませんか？」

「タチアナだ」

倉島はうなずいた。

「なるほど、極東軍情報部は、常に眼を光らせているということですね」

酒井は、立ち上がった。

「俺に会いに来るのは、これっきりにしてくれるとありがたい」

倉島も立ち上がった。

「わかりました。そうしましょう」

25

「どんな様子です？」

倉島は、車内で張り込みをしていた白崎に尋ねた。

臼井小枝子の自宅のそばだった。倉島は、すばやく車の後部座席に滑り込んだところだった。

時刻は、午後六時を過ぎている。

「臼井小枝子は自宅にいる。仕事をしているようだ。動きはない。それより……」

白崎は戸惑ったように間を取ってから言った。「周囲は、まるで縁日のような騒ぎだぞ」

「縁日……？」

西本が、皮肉な笑いを浮かべて言った。

「特捜本部がこちらの動きを察知したんだろう。二個班くらいは来ているぞ。特殊犯も一個班来ている。その他に、上田係長が手配した公安の警護班がやはり十名ほどいる」

倉島たちを含めて四十五人から五十人近い警察官が、マンションを取り囲んでいるということになる。

「なるほど、縁日だな……。だが、これではさすがのシロコフも近づけないだろう」

白崎が言った。

「たしかに、臼井小枝子は安全かもしれない。そして、刑事たちは臼井小枝子の身の安全の確保を第一に考えているかもしれない。だが、それでは、シロコフを捕らえることはできない」

「問題は……」

西本が言う。「臼井小枝子が移動するときだな……」

「特捜本部では、決して臼井小枝子に触るなと言っている」

白崎が言った。触るというのは、接触することを意味している。

「ふん、刑事は特捜本部の指示に従っていればいいんだ」

西本が言った。「俺たちは、俺たちのやり方でやればいいんだ」

白崎が西本に尋ねた。

「臼井に会いに行くというのか?」

「そうしなきゃ、埒《らち》が明かないだろう」

「待てよ」

倉島が言った。「特捜本部の幹部だって、それなりに知恵を絞っているのだし、経験だってあるんだ。ここは、しばらく様子を見よう」

運転席にいた西本は、ルームミラー越しに倉島の顔を見た。眼があった。西本が先に眼をそらした。

「わかったよ。あんたがリーダーだったな」

すでに日が暮れている。十二月二十一日。もうじきクリスマスで、一年でも一番日が短い時期だ。

午後七時を過ぎた頃、変化があった。臼井小枝子の部屋の明かりが消えた。しばらくして、スウェットのパンツにフリースのパーカーという恰好の女性が玄関に現れた。

パーカーのフードをかぶって顔を伏せているが、その服装に見覚えがあった。

西本が言った。

「臼井小枝子だ……」

彼女は、近所に出かけるような恰好だ。

これは一つの特徴を物語っているような気がした。野田誠司が殺されたときも、近所に散歩に出かけるような恰好をしていた。酒井がシロコフやタチアナと接触したときも、部屋着のような服を着ていた。

白崎が言った。

「タチアナに呼び出されたのかもしれない」

西本がうなずいて、エンジンをかけた。

「そう考えるべきだろう」

セレクターレバーをドライブにいれる。

周囲の捜査員たちも、動きがあわただしくなった。無線で連絡を取り合い、ある者は徒歩で、ある者は車で、マンションから出てきた人物を尾行しはじめた。

従者をぞろぞろと引き連れた女王のようだと、倉島は思った。そのとき、頭の中で警鐘が鳴った。

「待て」

倉島は、西本に言った。「車を出すな」

「なぜだ？　刑事たちに後れを取るぞ」

倉島は、臼井小枝子の部屋を見上げていた。その恰好のままで言った。

「あれは、臼井小枝子じゃない」

白崎が振り向いた。

「何だって？」

「体格と歩き方に特徴がある。間違いない。あれはタチアナだ」

しばしの沈黙。

西本が言う。

「ほう、よく気づいたな」

白崎が言った。

「タチアナが臼井小枝子のマンションから、彼女の服を着て出てきた。これはどういうことだ？」

「つまり……」

西本が言った。「俺たちが張り込みを始めた時点で、すでにシロコフとタチアナは、臼井小枝子の自宅マンションにいたということだろうな」

「臼井が監禁されているということか？」

二人の会話を聞きながら、倉島は窓を見上げていた。

動いた。カーテンがかすかにだが動いた。不自然な動き方だった。

「部屋に誰かいる」

倉島は言った。「カーテンの隙間からこちらの様子をうかがったようだ」

西本が言った。

「つまり、シロコフだな……」

白崎が言った。

「さて、どうする……。せめて、特殊班の連中だけでも呼び戻すか？」

倉島は考えた。ここは意地を張っているときではない。

「特捜本部が使っている無線のチャンネルはわかりますか？」

「わかるさ」

「では、連絡を取ってみてください」

「わかった」

白崎は、赤坂署の特捜本部を無線で呼び出した。

「特捜本部、特捜本部。マル対のマンションから出た人物は、マル対ではなく、囮《おとり》の可能性大。マル対は、まだ部屋におり、監禁されている模様」

その報告を繰り返した。特捜本部から返信があった。

「こちら、特捜本部。今の送信は誰だ？」

「公安部外事一課、白崎」

しばらく間があった。

「公安は、当該事案に関わるな。繰り返す、公安は、当該事案に関わるな。ただちにそこから離れろ」

特捜本部はあくまで公安を蚊帳《かや》の外に置くつもりだ。刑事部長の怒りがそれだけ激しく、現場の捜査員たちも腹を立てているということだろう。

だが、今はそんなことを言っているときではない。倉島は、白崎に言った。

「連続殺人事件の容疑者が、臼井小枝子といっしょに部屋にいる。監禁されているんです。臼井小枝子の身が危険にさらされている。そう伝えてください」

白崎は、それを固有名詞を使わないように気をつけて送信した。しばらくして、返答があった。

「当該事案については、すべて特捜本部で判断を下す。公安は関わるな」

倉島は、この頑固さにあきれる思いだった。いくら公安に腹を立てているからといって、重要な報告を握りつぶすというのは、あまりに愚かだ。

刑事たちに愛想が尽きた。

倉島は、白崎に言った。

「では、こちらも好きにやらせてもらうと言ってください」

白崎がちょっと驚いた顔で、倉島を見てから無線のマイクに向かって言った。

「それでは、こちらも独自の判断で行動します。以上」

刑事たちは、何かがなっていたが、すでに倉島は耳を貸していなかった。彼らは、シロコフを殺人の容疑者としてしか見ていない。だが、倉島たちは違う。

これは情報戦という名の戦争であり、シロコフは間違いなく敵なのだ。おのずと対処の仕方は違ってくる。

「さて……」

白崎が言った。「これで、俺たちには応援もなくなったわけだが、どうやってシロコフと接触する？」

西本が言う。

「特捜本部では、俺たちの言い分を無視するようなことを言っていたけど、今ごろ、きっと捜査員を呼び戻すことを検討しているはずだ。じきに刑事たちが戻ってくる。それを待つか？」

「いや、刑事たちが戻ってくると、膠着《こうちゃく》状態になるかもしれない。立てこもり事件になると、対応が面倒になる」

「じゃあ、どうするんだ？」

倉島は、ちょっとだけ考えてから言った。

「ロシアのハーロフスクという小さな町で学んだことがある。こういう場合は、正面突破が一番だ」

白崎が西本を見た。西本は、腰のホルスターからリボルバーを抜いて、弾倉をチェックした。

「よし」

彼は言った。「俺は、リーダーの方針に従う」

白崎もうなずく。

倉島は、言った。

「じゃあ、行こう」

三人は車を降りた。

マンションはオートロックではないので、すぐに部屋のドアまで行けた。ノックをする。返事はない。

倉島は大きな声で呼びかけた。

「臼井さん。お留守ですか？　警察ですが……」

まだ返事がない。このとき、踏み込みの基本に則って、ドアの脇に立っていた。それが功を奏した。

突然の発砲音。木製のドアがささくれだった。

ドアを挟んで向こう側にいた西本が、倉島の顔を見た。倉島も、シロコフが拳銃を持っているとは思っていなかった。

ロシアから拳銃を持ち込むことは、ほぼ不可能だ。おそらくタチアナが日本国内で入手したのだろう。

相手が拳銃を持っているからといって、うろたえるな。こちらは、充分に実戦経験があるんだ。

倉島は、自分にそう言い聞かせていた。

こちらも銃を持っている。しかも、こちらは三人。圧倒的に有利なはずだ。冷静に対処すれば、必ずシロコフを検挙できる。

西本が、まず自分を指さして、それからぐるりと輪を描いた。自分は、窓のほうに回るという意味だ。

倉島はうなずいた。西本が出て行く。臼井小枝子の部屋は、二階だ。なんとかベランダによじ登ることができるだろう。

西本が走り去ると、白崎が言った。

「人質が心配だな……」

「だいじょうぶです。人質が死んだら、自分も殺される。シロコフはそう考えているはずです。彼は死ぬわけにはいかない。密約文書を、極東軍に持ち帰らなければならないのです」

「理屈ではそうだが……」

「素人は、感情に突き動かされます。でも、プロは理論で行動します。シロコフはプロです」

「わかった。あんたを信じよう」

実のところ、自分で言っているほど確信はなかった。だが、今は信じて行動するしかない。

無線のイヤホンから、西本の声が聞こえてきた。

「位置についた」

「これから鍵を撃ち抜いて突入する。同時にそちらから、突入してくれ」

「了解」

倉島は、白崎の顔を見た。緊張のために、色を失っている。おそらく自分も同じだろうと思った。

「行きます」

倉島は、跳弾で怪我をしないように、また、ドアの向こうから撃たれないように、脇の壁に身をぴたりと寄せて、手を伸ばし、ドアの錠の部分に銃口を向けた。

立て続けに三発撃つ。リボルバーには弾が五発入っているので、残りは二発だ。

銃弾のエネルギーを直接に受けて、ドアの錠がひしゃげる。アメリカ映画なら、ドアを蹴破るところだが、日本の家屋のドアは外側に開くので、そういうわけにもいかない。

倉島は、ドアノブを握り、力の限り引いた。錠がきしみ、ドアが開いた。

とたんに、銃声が聞こえた。シロコフが撃ったのだと思い、倉島は身を低くした。銃を構えて部屋の中を見る。

最初に見えたのは、西本の姿だった。倉島は片膝をついたまま、部屋の中に視線を走らせた。シロコフの姿を探していた。次に眼に入ったのは、臼井小枝子だった。目を大きく見開き、パニック寸前に見える。

ゆらりと、西本の体が揺れた。彼の背広が血に染まっていく。

撃たれたのか……。

ならば、シロコフはまだどこかに潜んでいるのだろうか。倉島は、自分がひどく無防備な状態にいるような気がした。遮蔽物がほしい。

身を低くしたまま冷蔵庫に身を寄せようとしたとき、脚がみえた。

床の上に二本の脚が並んでいる。黒っぽいズボンをはいている。

シロコフだ。

そう思ったとき、西本が崩れ落ちるように倒れた。西本のことは気になったが、シロコフにまだ戦闘能力があるかどうかを、まず考えなければならなかった。

倉島は、倒れているシロコフに拳銃を向けたまま、慎重に近づいた。シロコフは、胸に銃弾を食らっている。意識はないようだ。

倉島は、拳銃を構えたまま近づき、シロコフが握っている拳銃を蹴った。オートマチック拳銃は、床を滑り、壁際に置いてある書棚にぶつかった。

「クリア」

倉島は言った。そのとたんに、白崎が西本に駆け寄った。倉島は、シロコフの頸動脈に触れてみた。まだ生きている。

白崎の声が聞こえる。

「だいじょうぶだ。ショックを受けただけで、意識もある」

続いて、西本の声が聞こえてくる。

「くそっ。一瞬だが、意識が飛んじまった」

白崎が言う。

「動くな。今、救急車を呼ぶ」

倉島は、意識のないシロコフに手錠をかけた。そして、ようやく大きく息を吐き出した。

26

救急車が到着して、救急隊員がシロコフと西本を運んだ。いっしょにマンションの玄関を出ると、警官隊が取り囲んでいた。

彼らは、倉島たちが突入を試みる間、ようやく現場を遠巻きに取り囲み、今後の対応を検討していたのだ。

機動隊員や私服の捜査員たちが、救急隊員や倉島たちを見て、言葉もなく立ち尽くしていた。

シロコフと、西本が別々の救急車に乗せられた。そのときになって、ようやく何人かの捜査員が、倉島に近づいてきた。

そのうちの一人が言った。

「何があったんだ？」

「連続殺人事件の容疑者の身柄を確保したんだ。誰か付き添わなくていいのか？」

その捜査員は、あわてて部下に指示した。捜査員二名がシロコフとともに救急車に乗り込んだ。

西本には、白崎が付き添った。

二台の救急車とパトカーが出発すると、捜査員があらためて質問してきた。

「何があったのか、詳しく話してくれ」

「質問をするまえに、名乗ってほしいな……」

「捜査一課の五十嵐だ。そっちは？」

「公安外事一課、倉島」

「公安は、この事案から手を引けと言われているはずだ」

「殺人事件からは手を引く。だから、あとは好きにしてくれ」

「勝手に突入するなど、余計なことをしてくれたな」

「だが、そうしなければ、今ごろ、まだ膠着状態だったはずだ」

「死傷者が出たらどうするつもりだったんだ？」

「さあな。そのときに考える。あんたたちは、犯罪者の検挙だと思っているかもしれないが、こっちは戦争だと思っているんでね……」

五十嵐が、何かを言おうとした。そのとき、警官隊のいる一角がにわかに騒がしくなった。何事かと見ると、臼井小枝子の服を着たタチアナが連行されてくるところだった。

タチアナは、ロシア語でまくし立てていた。眼があった。倉島に気づくと、タチアナは日本語で言った。

「あの人を知っている。私は、あの人の協力者よ」

タチアナは後ろ手に手錠をされており、二人の捜査員が左右から彼女の腕をつかんでいた。彼らが近づいてきた。

タチアナが言う。

「あなたの仲間に説明して。私は、あなたにずっと協力してきた。これからも、その関係が続くのだと……」

五十嵐が倉島に尋ねた。

「それは本当のことか？」

倉島は、タチアナから眼をそらして言った。

「さあ、俺は知らないな。おそらく殺人事件の共犯者だろう。あんたたちに任せるよ」

タチアナは、衝撃を受けたように倉島を見つめ、それからロシア語で罵った。

倉島は言った。

「シロコフは、被弾したが助かるだろう。そうしたら、ロシア当局の求めに応じて、モスクワに送ることになると思う。おそらく、君も同様だ。政治的な取り引きのカードとして使われるんだ」

タチアナは顔色を失った。

モスクワ送りは、シロコフとタチアナにとっては、死ぬより辛いことになるかもしれない。だが、それは自業自得だ。倉島は同情する気になれなかった。

五十嵐が言った。

「連れて行け」

捜査員たちがタチアナを連行していくのを確認してから、五十嵐は倉島に向かって言った。

「二人のロシア人の身柄は、特捜本部で預かっていいんだな？」

「もちろんだ。連続殺人事件なんだからな。俺が関心があるのは、まったく別なことだ。あんたたちが事情聴取をするまえに、臼井小枝子と話をさせてくれるとありがたいんだが……」

五十嵐は、しばらく考えてからこたえた。

「いいだろう。ロシア人二人の身柄は、それくらいの価値はある」

倉島は、臼井小枝子の部屋に戻った。女性警官に付き添われた臼井小枝子は、床に座り、血だまりをぼんやりと見つめていた。

「だいじょうぶですか？」

倉島が声をかけると、はっと怯えた眼を向けた。しばらく倉島を見つめていたが、やがて少しだけ落ち着きを取り戻したように言った。

「平気です」

「少しだけお話をしてもいいですか？」

「ええ……」

女警を部屋の外に出すと、倉島は尋ねた。

「彼らがどうしてここに来たか、ご存じですね？」

「ミーシャが私に何かの書類を渡しただろうと、彼らは言いました」

「それで……？」

「そんなものを預かった記憶はありません」

「何も預かっていない？」

「書類は預かっていません」

そんなはずはないと、倉島は思った。そうでなければ、彼女はとっくに殺されているはずだ。

シロコフとタチアナは、臼井小枝子がトルーマンの密約文書を持っているという確信を持っていたはずだ。おそらく、死ぬ前のペルメーノフから聞き出したのだろう。

「ペルメーノフから何かもらったことはありませんか？　そうだな……。ちょうど釧路、留萌の話をした頃のことだと思うが……」

小枝子はしばらく考えていた。

「その話を聞いた日のことは、よく覚えています。でも、書類なんかは受け取っていません」

彼女の言い方が気になった。

「書類以外のものは受け取ったということですか？」

「ミーシャがいつも身につけていたシルバー製のペンダントをもらったんです」

「それを見せてもらえませんか？」

小枝子は、しばしためらっていたが、やがてうなずいた。首の後ろに手を回してペンダントを外す。今彼女が身につけていたのがそのペンダントだったのだ。

シンプルなデザインのペンダントだ。シルバーの長方形の板にПと彫ってある。ロシア語のペー、アルファベットでいえばPだ。ペルメーノフの頭文字だろう。

裏には何も彫られていない。これは、密約文書とは何の関係もなさそうだ。そう思って、小枝子に返そうとしたとき、縁の部分に、細かな文字が彫ってあるのに気づいた。

数字だった。小さな数字でとても読めそうにない。

「虫眼鏡か何かあると助かるんだが……」

小枝子は怪訝な顔になったが、化粧箱からルーペを取り出して渡してくれた。

なんとか数字が読み取れた。倉島は、手帳を出してその数字をメモした。

最初が四桁、次が三桁。そして、長い数字の羅列。すぐにぴんときた。最初の四桁が金融機関に割り当てられた数字、次の三桁が支店を表している。

礼を言って部屋を出ようとすると、小枝子が言った。

「あのとき、別の刑事さんが言っていたように、『釧路・留萌』をインターネットで検索してみました。『釧路・留萌ライン』のことを知りました」

倉島はうなずいた。

「ミーシャは、『釧路・留萌ライン』との関わりで殺されたのですか？」

葬り去られなければならない秘密。倉島には、本当のことを小枝子に告げることはできない。

「ロシア人同士の出来事です。私たちにはわかりません」

小枝子は、じっと倉島を見ていた。倉島は、「失礼します」と言って、部屋を出た。入れ違いで、付き添っていた女警と五十嵐が部屋に入っていった。


思った通り、ペルメーノフのペンダントに刻まれていたのは、都内の銀行とその支店の番号だった。長い数列について尋ねてみると、貸し金庫の番号と、暗証番号だろうということだった。

中身を押収したいと言ったが、銀行は本人の申し出でなければ金庫を開けることはできないと言った。

結局、上田係長が、捜索及び押収令状を取り付け、なんとか貸し金庫を開けさせることができた。

貸し金庫の中に入っていたのは、古い封筒で、その中にはきちんとタイプされた書類が入っていた。その右下にある色あせたサインは、トルーマンのものだ。

倉島は、その文書をすぐに上田に預けた。それがどうなったか、知らない。おそらく、警察庁に渡り、さらには政府のどこかの機関に渡ったのだろう。

アメリカに返還されるのかもしれないし、永遠の秘密として消え去るのかもしれない。いずれにしろ、すでに倉島の問題ではなかった。

シロコフも、西本も順調に回復していた。あの夜、タチアナに言ったように、モスクワ当局に引き渡されるシロコフは、おそらくあそこで死んでいたほうが幸せだったと思うことだろう。二人の日本人を殺した罪は充分に償うことになるだろう。

警視庁は、連続殺人について、被疑者が動機その他について黙秘を続けているとだけ発表した。その後は、モスクワに移送されて、ロシアのしかるべき機関で捜査が行われるということになっていた。

人々はやがて、そんな事件があったことすら忘れてしまうだろう。大衆は忘れやすいものだ。

シロコフの身柄確保から、一週間ほど経ったある日、大木天声から電話があった。

「殺人犯をロシアに奪われるのか？」

倉島は、事の顚末を簡潔に話した。天声は事実を知る権利があると思った。話を聞き終わった天声は、一言「そうか」と言って電話を切った。

たしかに大衆は忘れやすい。だが、この事件のことを決して忘れない何人かの人々がいるはずだ。天声もその一人だろうと思った。

その翌日の朝、倉島は、コソラポフに電話した。

「あんたがくれたヒントで、こたえが見つかった。礼を言いたくてな」

ひょっとしたら、すぐに切られてしまうかもしれないと思っていたが、意外にも、コソラポフは上機嫌だった。

「ならば、一杯おごってもらいたいものだな」

関係修復という意味だろう。おそらく、シロコフが逮捕され、いずれモスクワに移送されることが、ＦＳＢ本部に報告されて、コソラポフの立場が回復したのだろう。

現金なやつだ。そう思いながら言った。

「よろこんで、おごらせてもらうよ。いつがいい？」

「また、連絡する」

コソラポフはまだまだ利用価値がある。向こうもそう思っているに違いない。持ちつ持たれつだ。

「パカ（じゃあな）」と言って電話を切った。

上田係長に呼ばれたのは、その日の午後のことだった。

倉島は、気が抜けたような状態がしばらく続いていた。それをとがめられるのかと思った。

「何でしょう？」

上田係長は、いつものように仏頂面だ。やはり、叱られるのかと思った。

「研修だ」

係長が言った。

「はあ？　何の研修ですか？」

「ゼロが呼んでいる。行ってこい」

ぽかんとする倉島に、上田係長がにっと笑いかけた。

装丁　関口信介
カバー写真　釜谷洋史

初出「オール讀物」二〇〇九年二月号～七月号

今野　敏

1955年、北海道生まれ。上智大学卒業。
大学在学中の78年に「怪物が街にやってくる」で
問題小説新人賞を受賞し、デビュー。
レコード会社勤務を経て、81年より執筆に専念。
2006年、『隠蔽捜査』で吉川英治文学新人賞を受賞。
08年、『果断　隠蔽捜査２』で山本周五郎賞、日本推理
作家協会賞をダブル受賞する。
近著に『疑心　隠蔽捜査３』『武士猿』『同期』など。

凍《とう》土《ど》の密《みつ》約《やく》

２００９年９月１５日　第１刷発行

著　者　今《こん》野《の》 敏《びん》

発行者　庄野音比古

発行所　株式会社　文藝春秋
〒102-8008　東京都千代田区紀尾井町3-23
電話　03-3265-1211

印刷所　凸版印刷

製本所　加藤製本

万一、落丁・乱丁の場合は送料当方負担でお取替えいたします。
小社製作部宛、お送り下さい。定価はカバーに表示してあります。

ISBN 978-4-16-328480-4